약이 되는

약이 되는 욕 쓰기

초판 1쇄 인쇄 2017년 2월 10일
초판 1쇄 발행 2017년 2월 15일

지은이 Y문영
펴낸이 박연
펴낸곳 한결미디어

글씨 · 그림 Y문영
디자인 남상원

등록일자 2006년 7월 24일
등록번호 제313-2006-000152호
주소 서울시 마포구 모래내로 83 한올빌딩 6층
전화 02-704-3331
팩스 02-704-3330

ISBN 979-11-5916-040-0
979-11-5916-036-3(set) 03810

· 잘못 만들어진 책은 구입처나 본사에서 교환해 드립니다.
· 책값은 뒤표지에 있습니다.

어른이 되어서도 문구점에서 좋은 필기구를 보면 여전히 가슴 설레는 이가 적지 않을 것이다. 어린 시절 선생님의 맵시 있는 글씨, 친구 글씨를 흉내내면서 자기 글씨체를 만들려고 무진 애를 썼던 기억도 새로울 것이다.

조지훈 시인은 "글보다 더 인격을 반영하는 것이 글씨"라고 했다. 글씨엔 쓴 사람의 혼과 체온이 배어 있다. 자아(自我)의 성품이 담겨 있다. 프랑스 작가 볼테르는 글씨를 '목소리의 그림'이라 했다. 무엇보다 글씨를 바르게 가다듬으면 마음도 절로 바르게 된다. Y글꼴이 이끄는 『약이 되는 욕 쓰기』로 매력 있는 글씨체를 만들어 보자. 욕은 참으면 병이 되기도 하지만 남들 앞에서 내뱉으면 자칫 교양 없는 사람으로 비칠 수도 있다. 욕 쓰기로 마음을 다스려 마음의 상처를 치료하자.

Y문영

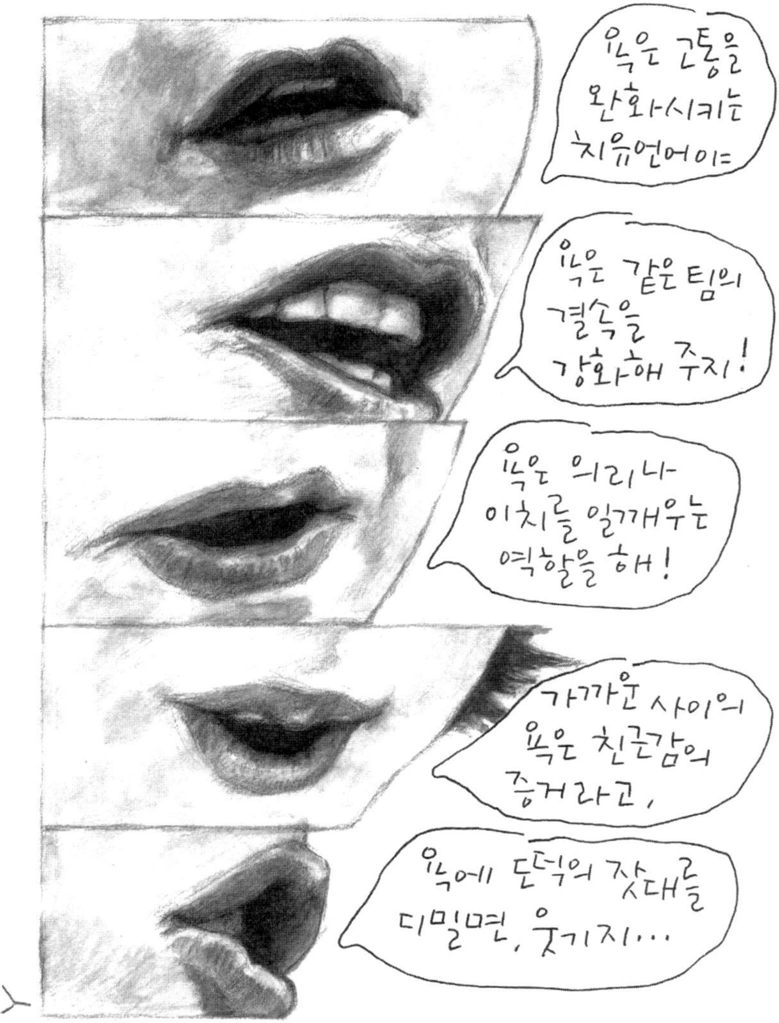
욕은 고통을 완화시키는 치유언어이야
욕은 같은 팀의 결속을 강화해 주지!
욕은 의리나 이치를 일깨우는 역할을 해!
가까운 사이의 욕은 친근감의 증거라고,
욕에 도덕의 잣대를 디밀면, 웃기지…

감성 포스 Y글꼴의 매력

약이 되는 욕 쓰기

Y문영 글씨 · 그림

한겨미디어

HELP!

욕은 왜 하는가

인간은 나약한 존재이기 때문에 좌절이나 두려움같은 감정을 감당하기 어렵지. 그래서 그런 감정을 느꼈을 때, 자동적으로 욕을 내뱉음으로써 자신이 받은 상처를 줄이고 자존감을 보호하는 거야.
욕설을 퍼붓는 사람은 "나는 지금 이성을 잃었고, 이렇게 소리지르고 공격적으로 행동하는 것말고는 어떻게 이 상황에 대처해야 하는지 모르겠어"라고 고백하는 것이야. "나를 존중해 달란말이야!" "나도 중요한 사람이란 걸 알아줘!" "나를 막 대하지 말아줘!"와 같은 울분의 호소 같은 거지.
분노 자체는 누구나 느끼는 자연스러운 감정이지만 그런 상황에 당면했을 때, 우리가 어떻게 표현하고 대처하느냐에 따라 나중에 후회할 일을 만드느냐 마느냐가 판가름나는 거지.

욕은 왜 필요한가

우리는 늘 햇빛만 원하고, 기쁨만 원하고 있어 —
그러나 맨날 햇빛만 내리쬔다면 이 대지는 황폐한
사막이 되고 말 텐데 말이야.
공기 중에도 살리는 기체인 산소와 죽이는 기체인 질소가
적당히 섞여서 이 자연계를 이끌어 나가고 있잖아,
만약 양성(陽性) 기체인 산소로만 가득 차 있다면
만물이 다 불타 없어져 버리고 말 테니까 —
말하자면, 상수도만 있고 하수도는 없는 도시를 상상해
보라고, 얼마나 악취를 풍길 것인가.
그래서 점잖은 말도 필요하지만 욕도 적당히 필요하다는
거지.
말하자면, 사회 분위기라는 것이 각 개인의 일탈 욕구
라든지 파괴 욕구같은 것을 어느 정도 대리 충족시켜줄 수
있을 때, 그 사회는 극단적 파멸을 모면할 수 있다,
그 말씀이야 — .

욕의 가치

소설 『죄와 벌』을 쓴 '표도르 도스토예프스키'는 — "남성 생식기를 뜻하는 러시아 어(語) 욕, 한 마디면 인간의 모든 감정을 표현할 수 있다"라고 했어.
또, '알렉산드르 푸시킨'은 자신의 시(詩)에서 욕설을 자주 사용했고, '톨스토이'는 친한 지인들에게 욕으로 인사를 건넸다는 거야.
다시 말해서 적당한 '퇴폐'를 인정해 주어야 그 사회는 활기를 유지할 수 있다는 거지. 특히 문학, 영화, 미술 등 — 예술에서 퇴폐성을 용납할 수 있어야만 사회나 개인의 심리가 건강을 유지할 수 있게 된다, 이거야.
15세기 피렌체와 베네치아는 막말 천지였어.
'르네상스'의 도화선이었다고나 할까? 요즘 우리사회가 딱 그 꼴이지. 그건 지금 이 나라에 '네오 르네상스'가 오고 있다는 증거야.

그렇다고 모두가 듣는 데서 함부로 욕을 해대면 패가망신 당하고 말아. 그러니까 욕하고 싶다면 그 해결책이 바로 '욕 쓰기'라는 거이다.

욕은 문화다

수준 높은 문화장르~

남의 결점을 빗대어 공격하고, 헐뜯고, 조소하는 것. 이걸 직설적으로 말하면 욕이고 문화적 용어로 말하면 풍자(諷刺)라고 해.

풍자는 모든 예술 나부랭이와 지적 활동의 본질이라 할 수 있다는 거지. 세상엔 욕질할 거리가 널려 있어. 매일 싸움박질하는 정치현실과 부조리한 관행들은 끝도 없이 재생산되고, 악행과 폐단을 줄기차게 저지르며 편을 가르고….

허위의식에 찌들어 불협화음을 만들어 내는 현실에서, 웬만한 정신의 소유자라면 보고만 있어도 욕이 나오지.

그러나 한 예로, 이 비판정신을 문화행위로 바꾼 것이 '힙합'이야. 힙합이라는 장르가 거칠고 자유분방하게 욕하는 거잖아.

그래서 의심할 여지없이 '욕은 문화다'라는 거야.

욕, 제대로 알고나 하자

조선 시대 형벌은 욕의 원천이었지. 가장 낮은 단계부터 보자면, '우라질 놈'은 죄인을 묶던 '오랏줄'에서 온 거야. 오랏줄로 묶을 놈이란 뜻이지.
치도곤(治盜棍)은 가장 심한 곤장인데 장독(杖毒)이 올라 종종 죽음에 이르곤 했다는군. 그러니 "저런 치도곤 놓을 놈"이라고 욕하면 요즘 말로는 '패 죽일 놈'이야.
팽형은 말 그대로 커다란 가마솥에 물을 끓여서 삶아 죽이는 형벌이지.
난장은 고문의 일종으로 심문할 때 여러 명이 돌아가며 팬다는 것으로 '젠장할'이 바로 이 '난장'에서 나왔어.
'경을 치다'도 조선의 형벌에서 나온 욕이야. 도적놈의 얼굴에 도(盜)자를 새겨 넣었대.

참형(斬刑)은 말 그대로 목을 치는 것인데, 그보다 더 무서운 형벌이 '능지처사(陵遲處死)'이다. 이 능지처사(참)는 오살(五殺), 팔, 다리를 차례로 베어내고는 심장을 찔러 죽이는 형벌로, 여기서 '오사할 놈'이 나왔고 '육시랄 놈'은 갈가리 찢어 죽일 놈이라는 뜻이다.

욕먹기의 기술

16세기 종교개혁 시대의 인문주의 사상가 에라무스는
어떤 욕을 먹어도 개의치 않았아 했대. 하루는 인격을 심히
모독하는 욕설이 그에게 쏟아지는데도 가만히 있더래.
그걸 본 친구가 "저런 욕을 듣고도 화가 안 나는가?"
에라무스는 이렇게 대답했어 "바보가 현명함을 알 턱이
있겠는가, 그러니까 바보에게서 욕을 많이 듣는다면 그만큼
현명하다는 이야기가 되는 걸세. 그러니 성낼 이유가 없지
않은가, 오히려 명예롭다고 생각해야지"라고 했다는군.
욕을 먹는다고 하는 건 먹었으니까 소화시킬 수 있다는
뜻이야.
욕을 하는 놈에게 "야, 활명수도 끼워 주라!"고 하면
욕한 놈이 오히려 깨갱, 한다는 거지. 하하하

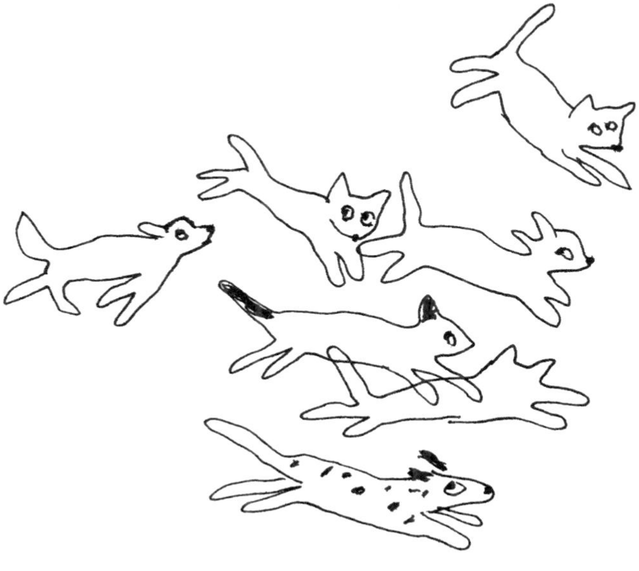

모욕사회의 욕, 속물사회의 욕

우리는 지금 모욕(侮辱)사회를 살고 있어, 사람을 사람이 아닌 '기계'나 '도구'나 '동물' 또는 그 비슷한 것으로 대하는 사회가 '모욕사회'야.

그 모욕사회의 안쪽에는 '속물사회'가 자리잡고 있지.

— 모두가 부자가 되기 위해, 권력을 얻기 위해 홀딱 벗은 채로 욕망의 바다에 대가리 처박고 허우적거리고 있어.

흔히 자존심이 밥 먹여 주느냐고 하지만 인간은 밥만 먹고 살아가는 존재가 아니라고, 때로 자존심을 지키기 위해 목숨까지 내놓는 게 인간 아니냐고, 지독히 모욕적인 방법을 써서 직원을 자르는 속물회사들을 보라고, 그걸 보고도 욕의 유혹을 참아 낼 수 있겠느냐고.

'욕설이 고통 완화에 미치는 심리적 효과'에 대한 연구로
이그 노벨상(IgNobel prize)을 받은 『우리는 왜 위험한 것에
끌리는가』의 작가 '리처드 스티븐스', 진심으로 축하해 주고 싶어.
노벨상을 패러디했대서 얼핏, 한심하거나 엉뚱한 연구에
수여되는 상일지라도….

이게 다 욕이다

<이뭐병> 이건 뭐 병신도 아니고 — <여병추> 여기 병신 하나 추가요! — <엠창> 상대방의 엄마를 창녀라고 욕하는 말 — <쓸고퀄이냐 충공깽> 쓸데없이 높은 퀄리티냐, 충격과 공포다. 이거지 깽깽이들아 —
<솔까말로 개듣보잡이잖아> 솔직히 까놓고 말해서 개, 듣도 보도 못한 잡놈이잖아 —
<근자감쩐다 화떡녀이냐> 근거 없는 자신감 대단하다, 화장 떡칠한 여자이냐 —
<병맛> 맥락 없고 황당하게 웃기는 얘기 또는 병신 같은 말 —

〈개저씨〉개념 없는 아저씨 — 〈틀딱충〉틀니 딱딱거리는 벌레 — 〈맘충〉극성 엄마 — 〈답정너〉답은 정해졌고 너는 대답만 해 —
〈십덕후〉마니아를 뜻하는 '오타쿠'에 욕설 섞어 변형한 말 —
〈개드립〉개와 ad lib의 합성어로 터무니없는 언행을 한다는 뜻.
〈장미단추〉장거리 미인, 단거리 추녀.
〈귀빈〉귀찮은 빈대. — 〈지잡대〉지방에 있는 잡스러운 대학 — 〈은꼴〉은근히 꼴린다 —

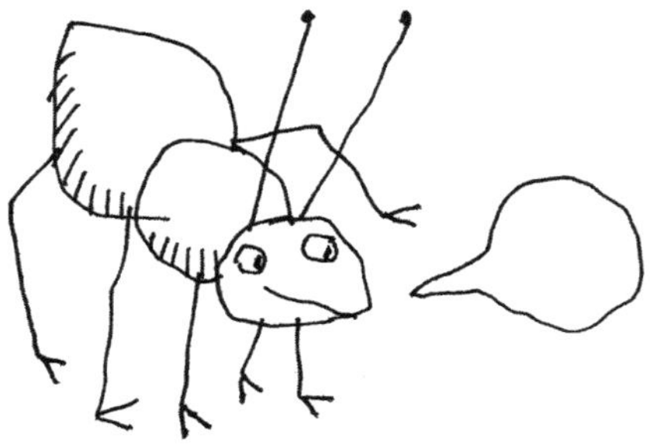

이럴 땐 이런 욕이

<남 타박 잘하는 여자> — 제 얼굴 못난 년이 거울 깬다더니, <의뭉스러운 자> — 고추 서리하면서 똥 싸는 척하네
<줏대 없는 여자> — 인심 후한 년 빤쓰 젖는다우.
<말귀 어두우면> — 귀때기에다 당나귀 좆을 박았나?
<쓸데없는 짓거리 하는 여자> — 머리털 뽑아다가 밑구멍에 박을 년, <서투른 짓 할 때> 그래 봤자 젓가락으로 ㅂㅈ 가리기다.
<엎친 데 덮친 꼴일 때> — 장 쏟고 치마 버린 년 국 쏟고 ㅂㅈ 데인다더니….
<어이없는 결과> — 이건 뭐 똥구멍이 하품할 지경일세.

옛 문학작품의 욕

정동주의 『단야』에서 한 중늙은이 아낙이 다른젊은 여자를 두고 하는 욕, 된똥 싼 년이 물똥 싼 년, 아니 뼝들어 피똥 싸는 딱한 여인과 시비를 벌이는 것일까?

"거기다가 연중에 뼝한다고 배때기가 불룩한 것으로 봐서는 알을 실은 모양이더마. 아이구, 내가 전생 업장이 이리 두꺼워서 그년의 그 흉악스런 몰골을 보게 되었는지 모르겠구마는."
—한 인간 생명의 잉태를 두고 '알을 실었다'는 기상천외의 은유법을 활용할 만큼 이 여인은 교활하다.
한데 이 말에 마을 안 여편네들이 맞장구를 치고 나선다.
"무엇이? 알을 실었다고? 그럼 얼라(아기)를 가졌다는 말 아닌가?"

"하기사 뭐 개짐승도 암수가 붙으면 새끼를 배는 것인데 하물며 치마 두른 년이 그렇게 밑구녕을 내돌리는데 씨를 안 배고 말겠나."

"그런 병신도 사타구니는 성한 모양이지. 안 그렇고서야 어찌 달거리를 하고 씨를 실었겠어!"

— 그들은 모두 이같이 악의에 찬 입방아, 욕방아를 짓까불며 나선다.

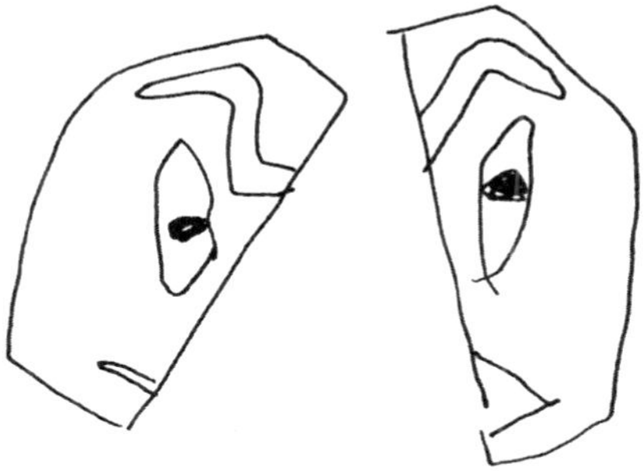

옹녀의 욕 타령

평안도 월경촌에 계집 하나 있으되, 얼굴로 볼라치면 춘이월 반개도화(半開桃花) 옥 같은 머리칼에 어려있고, 초승에 지는 달빛 눈썹 새에 비치었다. 하지마는 사주에 과부살이 겹겹이 싸인 고로 남편을 잃어도 징글징글하고 지긋지긋하게 단콩 주워먹듯 하것다.

— 열다섯에 얻은 서방 첫날밤 잠자리에서 급상한(急傷寒)에 죽고, 열여섯에 얻은 서방 당창병(唐瘡病)에 튀고, 열일곱에 얻은 서방 용천병에 펴고, 열여덟에 얻은 서방 벼락 맞아 식고, 열아홉에 얻은 서방 천하의 도적놈으로 포도청에 떨어지고, 스무 살에 얻은 서방 비상 먹고 돌아가니 서방에 진저리가 나고 송장치우기 신물난다 —

(급상한) - 급성감기, (당창병) - 성병, (용천병) - 간질.

어르신들의 욕

— 쌍다래끼나 껴서 눈깔도 못 뜰 놈아.
— 수전증 걸려서 숟갈질도 못할 년. — 임질에 좆 떨어질 놈! — 이런 니미럴, 꼭 저녁 굶은 시에미 상판대기 해 가지고는… — 학질에 염병걸려 곱곱으로 앓을 놈!
— 남의 치질이나 종일 핥을 놈.
— 혓바닥을 빼서 네놈 모가지를 묶어주랴?
— 좆까구 댓진이나 빨아라. — 썩을 년, 미나리 밭에 앉아서 ㅂㅈ나 박박 긁어라!
— 이런 ㅆㅂ, 아무리 좁은 구녕으로 나왔어도 꼭 좁은 골목만 찾아 다니냐? 저놈에 자동차는….
— 벼락을 쫓아가서 나이대로 맞아 뒈질 연놈들!

욕을 버는 것들

〈위선 떠는 여자〉 —— 열녀전 끼고 서방질할 년.
〈시도 때도 없이 덤벙대는 자〉 —— 헌 바지가랑이 불알 삐져나온 줄 모르네.
〈못난 주제에 난 체하면〉 —— 꼴경 주제에 좆자랑 하고 자빠졌네! —— 계집 못난 게 엉덩판만 커가지고.
〈처녀티 내는 중년 계집에게〉 —— 여자 나이 서른 넘으면 환갑인 거 몰라?
〈뒤늦게 딴소리 하는 자〉 —— 개 한 마리 다 처먹고 개 ㅆ내 난다나 -
〈서두르고 성미 급한 꼴을 보면〉 —— 차라리 외할망구 ㅆ으로 나오지 그랬어?
〈제 꼬라지 망각한 여자〉 —— 지지리 못나 자빠진 년이 얻다대고 질투질이야?

욕과 언어

—— 네놈이 자꾸 날 갈구는 거 같은데 그래봤자 뜯어갈 거 좆나 없어, 씨뻘!

—— 야, 그만하면 됐어. 끌탕 좀 그만 해 - 꺼재꺼재한 새끼야!

—— 저 뻔뻔한 것 좀 봐라, 넉살 좋기가 강화년 뺨치네!

—— 쌍, 정말 이러기냐? 누구 목매다는 꼴 보고 싶어 환장했어?!

—— 에라, 이 놈아 - 니 새끼하고 말하느니 담벼락하고 말하는 게 훨 낫겠다!

—— 이 시키는 덮어놓고 자신있대. 대답 쉽게 하는 시키치고 일 제대로 하는 놈 본질 못했다!

—— 쪼다 새끼야! 넌 평생 저놈 따까리 노릇만 하다 늙을 거냐?

—— 터진 입이라고, 그냥! 말 못하고 죽은 귀신 없다더니 바로 이 자식일세!

—— 개새끼, 잘난 척은 — 말로 ㅅㅅ 한다고 애새끼 생기냐?

—— 똑바로 알아들어 짜샤! 먹을 게 없어서 귀까지 처먹었냐?

욕먹어도 싼 치들에게

〈칭찬듣고 우쭐대면〉 — 춤 잘 춘다니까 시아삐 앞에서 엉덩이 흔들 년.
〈게으름뱅이〉 — 할 일 없는 놈, 구들장 지고 좆 주무르네.
〈이 핑계 저 핑계 둘러대는 여자〉 — 핑계 김에 서방질 할 년. 〈예의 없는 족속들〉 — 모양 빠진 것들이 나대기는 쓰헐! 〈허풍쟁이 여자〉 — 콧김으로 아궁이 지필 년.
〈같잖은 말 하는 치들〉 — 찢어진 아가리로 방귀 뀌고 지랄이야.
〈꼴같잖게 굴면〉 — 똥물에 찜질하고 자빠졌네!

전라도 욕민요

오다가 가다가 만나는 임은
팔목이 끊어져도 난 못 놓겠네
저 건너 저 가시나 앞가슴 보아라
넝쿨 없는 호박이 두 통이나 열렸네
저 건너 저 가시나 엎으러져라
일으켜주는 척 보듬어나 보자
허리통 늘어지고 가는 쪽쪽 큰 애기야
앞동산 좁은 길로 나만 찾아 오너라

담 넘어 들 때는 무슨 맘먹고
문고리 잡고서 발발 떤다
일년초 땅가시 쑤신 둥 만 둥
어린 서방 품에 품고 잠잔 둥 만 둥
시엄니 잡년아 건기침 말아라
느그 아들 튼실하면 내 밤마실 돌까
아리아리랑 서리서리랑 아라리가 났네
아리랑 응응응 아라리가 났네

욕도 아까운 것들

〈치사하고 역겨운 족속〉 — 몸둥이 큰 마늘 빼 먹을 놈. — 밑구멍으로 처먹고 아가리로 똥 쌀 년! — 발가락으로 싸서 만든 놈!
〈염치없는 얌체족〉 — 노파 겁탈하고 맛 타령할 놈!
〈진실로 저주받을 치들에게〉 — 모랫바닥에 혀 박고 뒤질 놈. — 간에 옴 올라 긁지도 못 하고 죽을 년!
〈못되먹은 악질〉 — 갈보년 외상 ㅆ으로 생긴 놈. — 염병에 땀구멍 막힐 년.
〈잘난 척 우쭐대는 꼴〉 — 목에 힘주다가 제 팬티에 똥 지릴 놈!

— 똑똑한 것들의 악습(惡習)으로 빼놓을 수 없는 것이 '잘난 척하기'이다. 남이 당신 앞에서 잘난 척을 할 때 그 사람이 바보같이 느껴지듯, 남들도 당신이 잘난 척을 할 때 역겨워 한다고. 똑똑한 사람은 매력적이지만 똑똑한 티를 내는 인간은 전혀 매력이 없다니까.

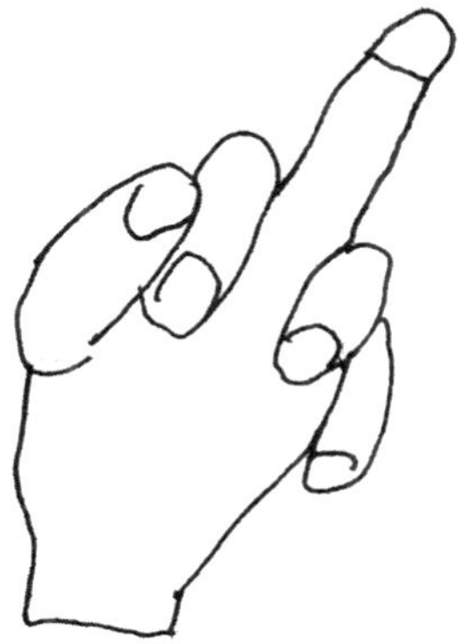

욕쟁이 할머니의 카타르시스

충북 청주에서 식당을 하는 유명한 욕쟁이 할머니는 빨리 달라고 재촉하는 손님이 있으면 다짜고짜 윽박지르기 예사였어. 정도가 심할 때는 밥을 먹으러 간 건지 욕을 먹으러 간 건지 분간하기가 어려울 지경이래.

"아 ー! 그 할머니 입 한번 걸다. 양념도 그만큼 걸게 해서 빨리 주소"

"이런, 주딩이 닥쳐 이놈아, 이 걸어 댕기는 똥 공장놈아!"

욕쟁이 할머니에 열광하는 사람들을 분석해 보면, 그 할머니 앞에서는 사회적 지위나 격식이 안 통하니까 욕을 먹으면서도 수평적 심리를 통해서 오히려 친근감을 느낀대.

욕쟁이 할머니의 욕은 외롭고 고독한 현대인들을 위로해 주는 '감성소음' 역할을 한다나 어쩐대나.... 거~참!

싱거운 욕

— 쓰벌 놈, 뜨물에 좆 담갔니? 흐리멍텅 하기는….

— 이게 장사 되는 꼴이 꼭 찬물에 불알 오그라들듯 한다니까!

— 당나귀 귀 빼고 좆 빼면 뭐 먹을 게 있다고 겨우 이거니?

— 대갈통에 바람구멍 나고 싶니? 고분고분 시키는 대로 기어라, 응?

— 허이구—, 훌떡 까진 대머리 보니까 공자깨나 밝히게 생겼다. 씨억을 놈의 종자!

— 똥구멍이 찢어지게 가난한 게 왜 있는 척 하고 나대니? 나대길….

— 저렇게 뻔뻔한 새낀 본다 첨 봤어, 면상에 철판 깐 새키!
— 우웩—! 배알(창자)이 꼴려서 더는 못 보겠다.
— 대충 닥달하셔, 미주알고주알 캔다고 뭐 더 나올 줄 아셔? 개 큰나!
— 쎄(혀) 빠지고 좆빠지게 일해 봤자야!

똥에 얽힌 욕

— 아가리에 똥을 퍼 담을 년.
— 똥 벼락이나 맞아 뒤질 놈.
— 오줌에 씻겨 나와 똥물에 헹군 놈.
— 똥물에 튀길 년.
— 똥대가리 같은 놈.

똥파리는 똥 냄새에 환장한다고, 내 주변에 왜 파리들이 성가시게 꼬일까. 내가 똥이 됐기 때문이야. 꽃이라면 나비가 몰려와야겠지. 수양이 필요한 지점이야.
그래서 건강한 분노 처리는 인품을 만드는 과정이라고 봐.
아무데서나 분노를 표출하는 거, 공공장소에서 분뇨 투척하는 거 하고 뭐가 달라? 화날 일이 아무리 많아도 욕은 슬기롭게 해결하는 게 좋다 이거야. 누가 대신 똥을 싸 줄 수 없듯이 누가 내 대신 화를 풀어주긴 어렵다 이거야.

절세 미녀에게는 똥이 없어야 한다며 마치 각자가 똥의
존재를 애써 무시하는 세계를 '미학적 이상'으로 삼는 장르,
이러한 '미학적 이상'을 '키치'라고 하지.
그러고 보면 분뇨 처리 기술도 많이 개발됐다니까?...

들려주고 싶은 욕

— 한마디로 넌 똥이야 새끼야! 꺼져, ㅆ비.

— 거 ㅆ비년, 더럽게 이쁜년일세.

— 얌마—, 집에 가서 니 엄마 똥꼬나 핥아라!

— 이 새끼, 공자 앞에서 문자 쓰고 있네, 니가 공자 똘마니라도 되냐?

— 이게 얻다대고 개수작이야?

— 저 불여우같은 년, 통빡 하나는 잘 굴린다니까.

— 너, 귀싸대기에서 먼지 폴싹, 나게 한번 맞아 볼래?

— 으이그, 그년 – 징글징글허게도 이쁘게 빠졌네.

— 이놈, 이제 보니 진짜 야시꺼운 놈일세!

— 좆도루마이싱 새끼, 이젠 아주 이골이 났다니까!

— 저 넘은 구걸근성을 타고 났어, 꼭 상갓집 개 같은 넘이라고…!

— 저년 저거, 건성건성 일하는 게 보라고… 말괄량이 설거지 하듯 한다니까….

— 사람을 뭘로 봤으면 이러세요? 이건 아주 사람을 똥덩어리 굴리듯 하는구먼!

욕 나오는 개가씨

대략 40대면 아저씨다. 다소 마음에 안 드는 행동을 달고 살면 '개저씨'다.

'개저씨'란 개와 아저씨의 합성어이자, '개념 없는 아저씨'라는 뜻이다. 예컨대 전철 안에서 예쁘고 잘빠진 여성의 특정 부위를 뚫어져라 주시하거나, 자신보다 어려 보이는 여성에게 무조건 반말을 하거나 매일 저녁 술집을 찾는 부류들을 말한다.

그런데 왜 하필, '개저씨'만 가지고 난리인가? 전철을 타보면 직장여성인지, 직업여성인지는 모르겠으나 태연하게 화장질을 하는, 기초 화장부터 색조 화장, 속눈썹까지 눈깔을 까뒤집고 달아 매는 아가씨들을 종종 본다.

그녀들의 공통점은 무례다.

하긴 정치인들부터 무례하기 짝이 없는 한국 사회가 그저 무례한 거다. '개저씨'만 유독 무례한 건 아니다.
그녀들 앞에도 '개'를 붙여야 하지 않을까?
'개가씨'라고, 개와 아가씨의 합성어이자, '개념 없는 아가씨'라는 뜻으로…
아하! 매너 없는 아줌마들이 섭섭해 할라. '개줌마'.

들어 볼 욕

— 낯짝에 덕지덕지 처바르고 명품만 걸치면 뭐하니? 비율이 안 맞는데… 숏다리에 대가리만 커가지고… 참 안타깝다 아무리 돈을 처발라도 우스꽝스럽기만 하니…!

— 내 딱 보고 알아 먹었어, 니가 밑구멍으로 호박씨 까는 년이라는 거.

— 너, 만송이 느끼한 거 아니니? 아휴 – 진짜 니글니글 징글징글해서 견디기 힘들다구. 새끼가!

— 이게, 쥘 잡아 먹었나? 주둥이가 그게 뭐냐 – 에이고 – 이빨에 낀 고춧가루나 떼라, 이년아! 역겨워, 한마디로!

—— 저 새끼가 진짜 깽판놓구 지랄이네….
한번 해보겠다 이거이냐?

—— 이 잡넘은 숨 쉬는 거 빼곤 다 구라이냐!

—— 먹는 CF에 나오는 모델들은 입 모양이 깔끔해야 돼, 주둥이가 두텁거나 지저분하게 생긴 게 라면 처먹는 화면, 당연히 불결해 보여, 게다가 처먹는 close-up에서 파편이 마구 튀니까 — 웨엑! 속이 다 메슥거려!

정치도 욕한다-

막을 방법이 없다!

정치인을 순 무식쟁이들 깡통 두들기는 집단이라 욕하는 시인 김지하의 말을 들려 줄게 —

“국민들이 힘이 강해져서 몹쓸 정치인에게 ‘요놈 새끼, 한 대 맞아라!’ ‘요건 이렇게 해!’ 때려가면서 키워야 해.
국민들이 강하면 정치하는 놈이 조심하고 태도를 바꾼단 말이야.
이제까지 국민이 약하니까 그것들이 제멋대로 논 거야.
철학도 없고 공부도 안 하고, 선거 때나 표 구걸하려고 시장엘 가고, 노인정엘 가고, 납작 엎드려 큰절하고 ....
국회가 뭐냐고? 날로 먹는 회가 국회야! 지하철도 탈 줄 모르는 위인들이 서민 흉내내는 쇼로 일시적인 눈속임은 할 수는 있겠지만, 요즘 유권자들이 그 속 뵈는 ‘서민 코스프레’를 믿고 표 찍어 줄까?
거기에다 정권 말기엔 산지사방에 구린내가 진동하지.
그동안 힘있는 놈들이 싸질러 놓은 똥 덩어리들이 곳곳에서 고약한 냄새를 풍기지만 그냥 깔아뭉개고 있잖아 ....”

흔한 욕

— 저건 꼭 욕을 처먹어야 움직인다니까!
— 어이구 - 꼭 하나같이 생긴 대루 놀구 자빠졌네.
— 이 새낀 아가리가 시궁창이야. 아주 욕을 달구 살어, 아주!
— 좆이나 빵빵이다, 이 ㅆㅂ 놈들아!
— 이게 어디서 굴러먹던 말뼈다귀야? 도대체 뭘 해먹던 잡놈이냐구!
— 웩! 졸라 뜯어고쳐 가지고 이쁜 척은…,
— 이 새낀 걸핏하면 ㅆㅂ, ㅈㅍ 찾고 지랄이야!
— 돈이 그렇게 좋으냐? 돈 너무 밝히면 토나와 - 이년아,
— 잘 생각해 봐라구, 네놈은 백번 뒈져도 싼 놈이야! 용서가 안돼!

— 이쁜세유 - 날 모레매면 고택골(저승)갈 사람들이
무슨 투정씩이나 부리고 지랄이세유?
— 저게. 사람 열받게 만드네 씨발! 에이
인간 쓰레기 같으니라고….

시(詩)도 욕한다

법정스님도
욕하는데
하물며~

내산 형수의 욕은 온 동네가 알아주는 욕이었다.
아침부터 새 샘 가에서 쌀을 일다 말고
"저 자라처럼 목이 잘쑥한 위인이 밤새도록 작은 마누래 밑구녕을 게 새끼 구럭 드나들듯 들어갔다 나왔다 들어갔다 나왔다 해쌓더니만 새복에 글씨 부엌에서 코피를 한 사발이나 쏟고 지금 비틀배틀 배틀재로 넘어가는구만"
이시영「홍조」

오래 함께 살았던 당신을 버리고 도망간 여자, 숙삐연이라 생각하세요 — 정하선「똥」

— 시인은 아니지만 그 고명하신 법정스님도 아궁이에 불 지피려는데 자꾸 꺼지니까 "젠장, 왜 불이 안 붙고 지랄이야!" 라며 욕을 했대, 근데 욕을 내뱉었더니 기분이 훨씬 좋아지더라나... 흐흐흐

밥 먹는데 똥 마렵다 물 내릴 때 보았네 한 무더기의 똥 간절한 것은 짧지 (이게 시냐, 똥이냐?)
허은실「똥시 연시(戀詩) 2」

아는 욕

— 너 성격, 진짜 이상하다 - 너 삔태지?

— 여기 너무 우습게 보면 곤란하다 - 여긴 군대야, 까라면 까고 뽑으라면 뽑으란 말이야 이 엿 같은 연놈들아!

— 으이그-, 그것도 노래냐? 스캣 창법? 좆나 오두방정 떨고 지랄이야, 정말….

— 앞으로는 똑같은 종자 못 나오게, 그런 넘은 좆대가릴 뽑아 버려야 해!

— 야, 여자 지저분한 건 진짜 못 봐줘, 장난 아냐.

— 그래, 잘났다, 이년아 - 너 혼자 통반장 다 해 처먹어라!

— 그년은 왜 말할 때마다 파편이 튀고 난리냐? 아우 - 재수없어, 그 아가리!

— 짜가들이 더 설치는 세상이야, 사이비 천국. 이건 뭐 세상이 온통 짜가판이라니까, 씨발!

— 기집 더러운 건 성품이 게을러서 그래, 여자는 일단 깔끔해야지!

소설도 욕한다

— 그럴 때 그녀는 어떤 사람이라기보다는 어떤 상태가 된다. 달군 강철처럼 뜨겁고 강해져 주변의 온도마저 바꾼다. 씨발됨이다.
지속되고 가속되는 동안 맥락도 증발되는, 그냥 그건 씨발됨이라고 말할 수밖에 없는 씨발적인 상태다.
황정은의 장편소설 『야만적인 앨리스씨』에서
— "근데 오빠, 이거 정말 소설 맞아요?"
"정말 소설이라니까요."
"아, 씨발, 아닌 것 같은데… 오빠가 써놓고 괜히 남 핑계 대는 거 같은데… 뻥치는 거 같은데…."
"저기요, 나 이게 살이 배겨서 그러는데 팬티 좀 벗어도 되죠?"
"그것도 소설에 나와요?"
이기호 소설 『갈팡질팡하다가 내 이럴 줄 알았지』에서
— "이 병신 육실헐 놈덜아! 야! 야! 지겹지도 않냐? 허구헌 날 쓰레기나 뒤지는 이 징그런 놈덜아—"
"저 육실헐 욕 귀신이 또 지랄났구먼—"
정연희 소설 『난지도』에서.

생각나는 욕

— 에이 씨발, 잠시 방심했다가 좆 됐네!

— 일 못하는 것들이 처먹는 건 더럽게 밝힌다니까, 회삿돈은 돈이 아니냐? 지 돈 내는 거면 그렇게 마구 주문하겠냐구! 기본이 안 돼 먹은 종자들….

— 아휴, 저 갑질만 일삼는 인간들, 인왕산 호랑이가 다시 부활해야 저것들 다 잡아먹지!

— 허이구~, 허구 당기는 뼌다구 하고는 옷걸이가 시원치 않으니까 넌 뭘 걸쳐도 싼 티가 나….

— 오랜만이긴 한데, 넌 어째 뒀다 봐도 재섭냐? 니미럴 넘!

— 저 세끼 많이 컸네, 이제 밥술이나 처먹는다고 눈깔에 뵈는 게 없냐?

— 니미럴, 내 이제껏 행주가 걸레 되는 건 봤어도 걸래가 행주 되는 건 본 일이 없대두 그러냐?

— 야, 당장 꺼져주지 않을래? 너만 보면 멀미가 나서 그래….

— 이 너절하고 비루한 종자들이 아예 떼로 몰려댕기면서 비럭질이네!

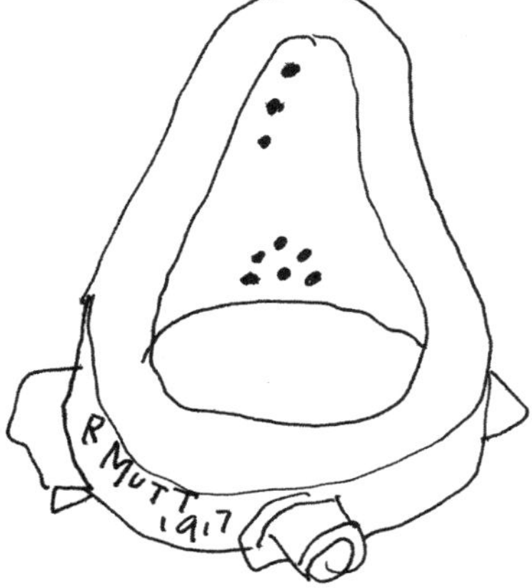
R MUTT 1917

그림도 욕한다 - 전위미술

팝아트의 황제, '앤디 워홀'은 어느 날 물감을 잔뜩 칠한 캔버스를 바닥에 내려놓고 거기에 오줌을 쌌어. 정성들여 만든 작품을 망가뜨리려는 걸까? 아니야, 새로운 창조를 위해서지. 오줌을 싸서 오줌의 성분과 물감의 성분이 화학작용을 일으켜서 색을 변화시켰대, 나중에 친구들까지 불러와서 그림에 오줌을 싸게 했다는 거야.

한 술 더 떠서 '브레이트'라는 자는 "진짜 예술은 방 한가운데서 갈채를 받으며 똥을 싸는 것이다."라고 했어.

생존 화가로 작품 가격이 제일 비싸기로 유명한 '데미언 허스트'는 '행위예술'이라며 공공장소에서 자신의 성기나 엉덩이를 노출하는 악동 짓을 해서 법정까지 드나들었다고.

역시 영국 여자 '트레이시 에민' 역시 자신과 함께 잤던 102명의 놈팽이들 이름을 캠핑텐트에 적어 놓고 술에 취해 사내들과 잤던 작태의 흔적이 고스란히 남은, 흐트러진 침실을 예술작품이라며 내놨지.

써먹고 싶은 욕

— 얼씨구—! 이런, 니주가리 핪빠빠 같은 것들이!
— 에이 못된 인간 같으니, 육이오 때 죽은 귀신은 다 뭘 먹고 산대냐?
— 내가 그렇게 우습게 뵈이냐? 뵈자뵈자 했더니 이게 마냥 기어오르고 있네….
— 목사 아들 부랑자 아닌 놈 없고, 전도사 남편 난봉꾼 아닌 놈 없다더니, 그냥 잿밥에만 눈깔이 멀어 가지고…!
— 꺼져, 좋은 말 할 때, 이 싸가지들아.
— 에이, 가벼운 새끼, 장부일언(丈夫一言) 풍선껌이냐?
— 이 째째부리한 새끼야! 니 돈만 그렇게 아깝냐?
— 누가 똥통학교 출신 아니랄까 봐 똥폼 잡냐?
— 지랄 환장할 노릇이네, 썩을!

— 저것들은 맨날, 게임질에 눈깔이 멀어 가지고 기둥 뿌리 썩는 줄 모른다니까 ….

— 못난 놈, 서서 오줌 싼다고 다 사내니? 제 구실도 못하는 쪼다 병신 새끼!

사철 욕

— 오뉴월에 마른벼락을 맞아 죽을 놈!

— 저 새끼는, 나이 들어 사람 좀 되는가 싶더니 철들자 망령난 꼴일세!

— 에이 썩을 놈. 하는 짓거리 하고는… 환갑 전에 철들기는 글렀다.

— 야, 이놈아 정신 차려! 여드레에 피죽 한 그릇도 못 먹었냐? 빌빌 싸기는….

— 어이구 저 인간, 딱 오뉴월에 축 늘어진 말 좆 같네그려 —

— 저승이 문지방 앞인 거 같은데… 새벽 좆 안 서는 놈은 외상도 주지 말랬어!

— 이거야 원 불안해서 살 수가 있나. 삼복에 개 목숨일세!

— 이 모자란 위인아, 그 울창한 삼밭 수수밭 다 지나 놓고 잔디밭에서 조르냐?

— 뭐가 그리 급해서 도망치는 년, 밤 봇짐 싸듯 하니?
— 사내는 어릴 땐 고추, 20대는 가지, 30대는 좆, 40대는 물건, 50대는 연장이라 하느니….

영화도 욕한다

욕으로 도배를 하기도…

"어머, 미친년- 너 주둥이가 자유분방하구나?"
— 15세 관람가 「써니」
"돈 내놔 ~ 썅년아!"
— 15세 관람가 「통증」
"이런 닝기리 개호로 좆까라마이싱 니주가리 씨빠빠 씨탱구리!"
— 12세 관람가 「위험한 상견례」
"이런게 교육이면 뽕이고, 이게 학교면 니미 뽕이고, 우리가 어른이면 니기미 뽕입니다"
— 전체관람가 「글러브」
「친구」 「두사부일체」 「똥개」 「똥파리」 「범죄와의 전쟁」 등등은 지면이 넘 더러워질것 같아 포기하기로 했어.

정이 가는 욕

— 이건 뭐 사람을 무슨 홍어 좆으로 아나?

— 니 상판때기를 보면 딱, 개 똥꼬에 말라붙은 똥 덩어리야, 알아?

— 니미 씨비 달래는 돈은 안 주고 맨날 쫑콘만 주고 지랄이야!

— 이 반편 새끼가 까불구 있어!

— 에이 씨비 개좆도 아닌 게 설치기는….

— 에이구- 저런 것도 아들이라고 지 에미가 미역국 처먹었겠지?

— 우, 씨이- 똥개 훈련시키냐?!

— 이것들은 꼭 욕을 먹어야 정신을 차린다니까, 꼴통들!

— 저 새낀 날아가는 새 비지를 봤나? 실실 혼자 쪼개구 있게….

— 이 개 종자들아 개나발 좀 불지 말아, 제발!

— 에이, 씨알머리 없는 똥새끼, 공사하고 비녀 빼갈 넘이라니까!

방송도 욕한다— 매일~

"아주 지네들끼리 다 해처먹는구나!"
"야- 근데 저 자식, 원숭이 닮지 않았냐? 히히히"
"에이, 씨이- 걸을 단번에 낚아채란 말이야!"
가수도 배우도 방송에 나와서 허접하게 마구 떠들수록 잘 팔리는 시대야.
몇 살 때 첫 키스를 했고, 어디를 뜯어고쳤고, 누구 엉덩이가 끝내주고, 막간에 '아이돌'이 일어나서 차마 보기 민망한 골반춤을 자랑해대면, 중년 남성 출연자들은 눈깔을 껌뻑대면서 제 딸보다도 더 어린 '아이돌'의 몸을 훑는다니까. 참, 놀고들 있어요—.
돈의 가치, 몸의 가치, 미모의 가치는 누구나 바라는 것이지만, 성숙한 사회가 되려면 정신과 철학, 지성의 가치를 지키는 개인이나 집단도 버텨줘야 한다는 거지.
왜 인강(인터넷 강의) 강사들은 그렇게 욕을 해대지? 그래야 강의를 잘한다고 생각하나? 왜 예능프로는 남에게 상처 주고 힘들게 하면서 불편하게 웃기려는 걸까? 왜 종편 뉴스앵커들은 남대문시장 옷장사처럼 목청껏 지르는 걸까?

구수한 욕

— 이 새끼는 개씨에 보리알 끼듯이, 안 끼어 드는 데가 없다니까, 씨발!

— 요즘 이상한 년들 많아, 근무시간에 노래, 흥얼 거리는 년에, 걸어 가면서 노랠 하지 않나, 버스 안에서도 노래하는 년 들이 있어 - 살 만한가?

— 이 개 짠돌이 새끼야, 소금이 널 보면 "아이구 - 형님!" 하겠다, 이 핵소금아!

— 어쭈? 저게 또 나타났네, 얌마, 나 졸라 바빠, 개기지 좀 마, 씨발놈아!

— 도둑놈도 의리가 있고, 갈보년도 절개가 있다는데 네년은 도대체 정체가 뭐냐? 에이 기회주의자!

— 생놈에 시키, 저 새낀 더럽게 노가리 깐다니까, 노가리까고 싶어서 사람을 안 놔줘!

— 니 새끼가 잘나면 얼마나 잘났냐?
거지 빨싸개 같은게, 니 엄마 뽕이다. 새끼냐!

— 왜 저런 게 자꾸 TV에 나오냐? 지켜 생긴 거
좆나 비호감이야. 어유 – 또 나올라 그래!

전국 욕 대회

진짜 열렸다
전라도에서ㅡ

'전국 욕 대회'가 성대하게 치러졌어. 「진도아리랑」과 「시나위」의 고장다운 행사였지. 이 대회는 각 도에서 내로라하는 욕쟁이들이 몰려들어 개인기를 치르는 방식이었는데, '최우수상'은 글쎄 홍일점 여성 대표가 탔어. 그녀가 연단에 올라 섰을 때, 유달리 힘찬 박수가 터지고 아우성이 들끓은 것 역시 그녀의 욕설 못지않게 빼어난 미모 때문이었다나 -

"야, 씨발 새야, 내가 너 쌩까지도 말고 까대지도 말랬지? 어쭈 - 너 왜 야려? (째려봐) 좆나 쩐디-(어떤 상황이 매우 거북하다) 시방 - 니가 쿨저씨라구? 순 개저씨 주제에 껌 씹는 소리 하구 자빠졌네 씨발!"

그때 청중석에서 욕이 날아왔다. "크게 해, 아가리가 막혔냐, 혀가 부러졌냐?!" 이때 그녀가 받아치기를 "저건 왜 똥개 암내 맡는 소리내고 지랄이야, 턱주가리 닫아 걸어, 요 내시 똥고털 같은 놈아!!"

맛깔나는 욕

— 에라이, 이 천하에 야비한 인간아!
— 그래, 맘대로 해라, 썩을! 벗으라면 벗고
입으라면 입어주마!
— 세상에서 제일 좆 같은 게 뭔 줄 알아? 석달 열흘
죽을 고생하며 임플란트 해 박고 길 건너다
교통사고로 뒈지는 경우야, 씨비.
— 야, 임마! 라이트 끄고 해골 때려! 그만 자빠
져 자란 말이야.
— 잘난 체 좀 그만해라. 그래봤자 때 되면 다
요단강 건너가게 돼있어.
— 암만 봐도 넌 또라이 새끼야, 돌아이, 돌대가리!
— 그만 좀 빠개시지, 눈꼴셔서 못 봐주겠다!
— 너 자꾸 빠개면 좆나게 패뻐리는 수가 있다.
— 욕 한번 질펀하게 내지르고 자빠졌네!

— 야, 술좀 작작 처먹어라! 술에 장사 없고 매에 장사 없고, 세월 앞에 장사 없어, 임마!
— 씨발, 없다면 없는 줄 알라고. 홀딱 벗겨 봤자 똥 묻은 볼기짝밖에 나올 게 없대도!

아더메치라는 욕

<아> — 아니꼬움의 아.
<더> — 더러움의 더.
<메> — 메스꺼움의 메.
<치> — 치사함의 치다.

'아더메치' — 그 무렵, 그러니까 5·16이 끝날 무렵에 '아더메치'란 욕이 유행했었다.
그 당시의 세태며 인심이 통으로 '아니꼽고, 더럽고, 메스껍고, 치사했던 시대라 그랬지만 지금이라고 크게 달라진 것은 없다.
5·16 뒤의 뒤숭숭한 사회, 벼락권력, 벼락부자, 벼락 유명인들이 서로 줄을 대고는 줄줄이 날뛰기 시작했다.
인품도 교양도 아무 소용이 없었다. 돈과 권력말고 믿을 건 아무것도 없어 보였다.
그러니 세상이 온통 '아니꼽고, 더럽고, 메스껍고, 치사'했다. 그래서 생긴 말이, 욕이, '아더메치'다.
그러나 그 흔험, 그 흔능은 지금도 시퍼렇게 살아 있다.

재미있는 욕

— 어허-, 입은 비뚤어졌어도 말은 바른 말 하랬다고, 그런 억지 쓰시면 되니? 이 섀끼야!

— 어이, 거기- 너 잘못 짚었어, 여기서 똥폼 잡아 봤자야.

— 에이, 매너 없는 새끼, 식탁에서 방귀 뀌는 새끼가 어딨니?! 에이, 쪽 팔려서 같이 못 다니겠다.

— 그래, 니 똥 굵다, 쓰벌 넘아!

— 천박한 놈들은 어딜 가나 티가 난다니까, 그 버릇 개 주니? 에이 구역질나는 것들!

— 이게 아주 용을 쓰고 있네, 힘 빼! 섀끼야, 너 그러다 똥 나온다!

— 그래, 니 꼴리는 대로 해보든가, 난쟁이 좆만 한 게 짓까불고 있다니까….

— 이 연놈들은 왜 전철 안에서 비벼대고 지랄야? 어이구, 저런 년은 지 엄마가 저꼴을 봐야 하는데….

— 이게 진짜, 김밥 옆구리 터지는 소리만 골라서 하고 자빠졌어!

개수작 욕, 위선의 욕

제 밑 구린 놈일수록 맑은 사람 못 잡아 먹어서 욕을
해댄다. 이것은 하늘 보고 침 뱉는 욕이다. 욕 중에서도
가장 저질이고 악질이다. 자신의 더러움을 남에게
바가지 씌우고 스스로 빠지자는 수작의 욕이기 때문이다.
이야말로 수작치고 개수작이라서 이따위 욕을 '개수작 욕'
이라고도 부를 수 있을 것이다.
불행히도 지금 우리 사회에서 가장 날뛰고 설쳐 대는 욕은
대체로 이 무리에 든다. 그게 정치판일수록 더욱 두드러진다.
무고한 비방, 야비한 인신 공격, 감정적인 공격성 등이
논리며 말의 씨를 앞서 있다면, 아무리 겉치레의 점잔을
떨어도 욕일 수밖에 없다.
이런 것이 '위선(僞善)의 욕'이다.
우리 정치판, 바로 이 위선의 욕판이다.

욕 사발

— 에구 능력도 없는 게 성질머리만 더러워 가지고, 이 개도 안 뜯어 먹을 새끼야!

— 야, 일 제대로 안 할거야? 똥 마려운 년 국거리 썰듯 할거야? 진짜!

— 에이 재수 없는 놈, 시거든 떫지나 말고 얽었거든 검지나 말지!

— 거지 깡통 같은 시키, 개 ㅆ으로 내질러도 네놈보다는 낫겠다!

— 저 상종 못 할 화냥년, 낯짝에다 물찌똥을 내갈길 년!

— 저 음란하기가 당나귀 좆 빨고 오줌 지릴 년일세!

— 이 망나니(죄인 목 베던 자) 새끼! 등때기에서 노린내 나게 한번 맞아 볼래?

— 이 자식, 알고 보니 사색(술, 계집, 노름, 도둑질) 잡놈이네!

— 생전 도움 안 되는 놈, 상추에 모래 쌈이나 처먹고 뒈져라!

귀신 욕

— 저 영악스럽고 발칙한 놈, 귀신도 속여 먹을 놈일세!
— 이런 제길헐, 귀신 방귀에 쌈 싸먹는 소리 하고 있네!
— 뭣이라? 이 양반, 귀신 씻나락 까먹는 소리 하고 있네그려—.
— 이 썩을 놈들아, 귀신은 속여도 나는 못 속인다!
— 이거이는 우긴, 귀신이 팔짝 뛰다 나자빠져서 뇌진탕으로 갈 소릴 하고 자빠졌어!
— 예끼 이 못난 것들, 귀신이 하품하겠다.
— 뭘 혼자서 구시렁대냐? 도깨비 물 건너가는 소리도 아니고….
— 저 새끼는 맨날 무슨 귀신이 씌워서 저 지랄인지 도무지 까닭을 모르겠네!
— 웬 못된 것이 엄한 놈을 물귀신처럼 끌고 들어가고 있어!
— 아가리 조심해, 입바른 소리 하다 어느 귀신이 잡아갈지 모른다고!

온해 살 옥

일본말로 '잠깐만요' '잠깐 참아 주세요'를 "좃또마떼 구다사이"라고 해. 하지만 우리나라 사람들이 들을 때는 '좆도 맞대'로 알아 먹고는 "씨헐 넘들이 왜 거시기를 맞대라구 지랄여?"
이탈리아 말에도 한국말과 비슷한 발음의 말이 있어.
이태리 말로 '놀다'는 '조까레(giocare)'이고 '돌다'는 '지자레(girare)'이다.
얼핏 들으면 '좆까래'로 '지랄해'로 듣기 십상이지.
그리고 우리 말 '맞다, 맞다'는 이태리말로 '미쳤다, 미쳤다'라는 뜻이래.
아, 하나 더 있어. 이태리 아기에게 먹을 걸 주면서 "까까 먹어라" 하면 큰일 난대. '까까(caca)'는 이태리 말로 '똥'이라는군.
아기에게 똥 먹으라니.... 하하

욕지거리

—— 계집 입 싼 것, 노인 불량한 것, 지어미 손 큰 것, 중놈 술 취한 것, 돌담 배부른 것, 두부 딱딱한 것, 똥배지 국회의원, 세상천지 아무짝에도 쓸데없는 것 들이다!

—— 싸움은 붙어 봐야 알고 계집은 품어 봐야 안다고, 한번 부딪쳐 봐, 짜샤!

—— 고집 센 년은 몽둥이가 약이고, 골난 년은 가죽방망이(남근)가 약이야,

—— 난봉 계집, 옷고름 여며 봤자지 - 염치는 커녕 똥치도 없는 년이라구!

—— 하늘하고 땅하고 딱 붙어서 맷돌질이나 해라! 몽땅 뒈져 버리게,

—— 주제를 좀 아세요! 여자 나이 사십이면 사그라들고 여자 나이 오십이면 오그라든다는 거 진짜 몰랐니?

—— 절구통에 치마만 걸쳤나? 호박이 본면
언니- 하겠다.
—— 이건, 겁쟁이- 불알 떼서 개나 줘라!

어린이의 욕

소파 방정환은 어린이가 '이야기와 노래와 그림' 세 가지 세상에서 행복하게 산다고 했다.
어린이는 아무리 험한 세상이라도 옛날이야기를 들으면 왕자와 공주가 되고 '밝은 달의 검은 점'을 '저기저기 달 속에 계수나무 박혔으니'라고 노래한다. 소파에게는 어린이가 행복의 상징이었다. 그러나 실제 우리 어린이들은 행복하다고 느끼지 않는다. 방정환재단과 연세대 사회발전연구소의 조사에서 우리나라 어린이의 행복지수가 OECD 국가 중 꼴찌로 나왔다.
행복의 필수조건에 대해 어릴 때는 '가족'이라고 답하지만 고3이 되면 '돈'이고 어린이에게 '학원 다니기'는 스트레스 조사에서 늘 주범(主犯)으로 꼽혔다.
한 초등학생이 이런 시를 썼다.

— 엄마는 나를 예뻐하고, 냉장고는 내게 먹을 거를 주고, 강아지는 나와 놀아주는데, 아빠는 왜 있는지 모르겠다.

아빠에게 하는 욕이다.

욕과 아내

— 착한 아내는 천사같이 되려 한다. 악처는 자기가 천사라고 믿는다.

— 착한 아내는 남편이 예쁘다고 말해 주면 즐거워 한다. 악처는 남편에게 언제는 미웠느냐고 다그친다.

— 착한 아내에게 제일 중요한 건 남편의 사랑이다. 악처에게 제일 중요한 건 자기 자랑이다.

— 머리칼이 긴 아내의 머리에는 뇌가 없다. (몽골)

— 젊은 아내에겐 긴 머리와 짧은 정신이 있다. (스웨덴)

— 아내는 눈으로 묻고, 받아들이고, 경멸하다 죽인다 (스페인)

— 아내를 정기적으로 패라. 그대가 이유를 모른다 해도 아내는 그 이유를 알 것이다. (서아프리카)

— 그대가 아내를 사랑한다면 죽은 뒤에나 사랑하라 (인도네시아)

구시렁 욕

'푸념' '혼잣말' '넋두리' '투덜대기' '구시렁 욕'....
이 모두가 약자의 스트레스 해소 방식이다.
내용이야 신세 한탄이나 흉보기 욕하기가 대부분이다.
무섭거나 까다로운 남편, 상사, 잔소리꾼 부모 앞에서
적극적인 방식으로 대들면 반대급부가 두렵기 때문에
머뭇거리게 된다.
그렇다고 가만히 있자니 견디기 힘들다. 이때 나오는 것이
'구시렁 욕'이다. 비록 상대방이 잘 알아듣지 못해도
하고 싶은 욕을 혼자라도 한다면 기분이 조금 나아진다.
정신과 용어로는 '환기'(Ventilation)라고 한단다.
"젠장, 나 혼자 이런 욕도 못하니"고 하고 나면 분이
좀 풀린다. '구시렁 욕'에는 분명 순기능이 있다.

욕을 부르는 회식 매너

— 발 냄새 지독한 놈이 내 쪽으로 발 뻗을 때.
— 식탁 앞에서 문자 보내다, 문자 받다, 통화하다, 게임하다… 휴대폰과 회식하는 연놈들.
— 숟가락도 안 놓고 고기도 안 뒤집고 익기가 무섭게 낼름 집어가 처먹는 공주병 말기 환자.
— 젓가락 한 번에 회 너댓 점 집는 통큰 인간.
— 국자 놔두고 찌개냄비에 숟가락 들이미는 족속들.
— 고춧가루 묻은 술잔, 굳이 돌리는 촌놈.
— 처먹을 땐 '쩝쩝' 대고 처먹고 나선 '츱츱' 대며 이빨 쑤시는 연놈들.
— 새끼 손가락도 아니고 검지로 이빨 쑤시는 년들.
— 다 처먹고 바로 소리도 크게 가글하는 인간.
— 식탁에서 코 휑휑 푸는 년, 놈들.
— 계산할 때 신발끈 다시 풀러 매는 놈.

걸쭉한 욕

— 꼰부랑 자지가 제 발등에 오줌 깔긴다더니 내 에지녘에 그럴 줄 알았다!

— 에라, 이 흉물스러운 놈, 밥 처먹고 자지만 키웠냐?

— 하도 손바닥 비벼서 손금도 없는 저 아부꾼 만두시키, 높은 놈 불알 긁어주는 데는 도가 텄어!

— 매일 펌프질로 날 새는 놈, 불알을 까서 왕소금에 절일 놈!

— 체, 그것도 일이라고 좆으로 뭉개도 그린다는 낫겠다.

— 조심해 임마, 춘삼월 ㅂㅈ는 쇠 젓가락도 끊는대!

— 저년, 꼬리 치고 나다니는 꼴이 냄비 잘못 돌려서 빵(감옥)살이 할 년이다!

— 밉다 밉다 하니까 떡 사 처먹고 서방질하고 자빠졌어!

— 어이구, 재수 옴 붙었네! 씨 대주고 뺨 맞고 국 쏟고 ㅂㅈ 데고 탕기 깨고 서방한테 매맞고,

상사의 욕

—"이 봐, 무식하면 물어라도 봐, 걸래는 빨아도 걸래라더니…" —"아유~꼴통, 넌 발표하는 거보다 질문하는게 더 어울려!"
—"자네는 한계가 거기까진거 같아. 당장 집에 가서 발 닦고 쉬라구!"
한국 사람들은 윗 놈일수록 소통에 서툴잖아. '부하 직원을 눌러놔야 내 체면이 선다'는 강박관념을 가진 상사들이 사소한 불만까지 약자에 대한 욕설로 해소하고 있어.
윗 사람의 욕지거리를 곱게 바꾸는 방법은 없어. 내가 편하려면 받아 들이는 방법을 바꿔야 해.
"너는 하세요. 나는 들어 줄 테니" 그러고는 욕 쓰는 것으로 진정시키는 거지. 그럼 상처받을 일도 훨 줄어든다고.

매운 욕

— 어질병이 자라서 지랄병 되는거 몰라? 저놈 저 짓거리 그냥두면 일내겠어!

— 맷돌질은 병든 년이 잘하고 도리깨질은 미친놈이 잘한다더니 꼴값들 하고 있다!

— 독하기가 이마빡 찔러서 피 한 방울도 안 나올 위인일세!

— 사기치지 마, 임마! 그걸 말이라고… 입으로 말하는 건지 똥구멍으로 말하는 건지….

— 에이 씨벌! 너무 분하고 억울해서 오장육부가 다 썩어 문드러질 지경이야!
(오장 - 간장, 심장, 비장, 폐장, 신장)
(육부 - 대장, 소장, 위, 담, 방광, 삼초)

— 천하에 죽일 연놈 - 살점을 뜯어내다 잘근잘근 씹어 먹어도 시원치 않을 것들!

—— 요놈 시키 본게, 대가리에 피도 안 마르고
귀때기도 새파란 것이 버르장머리 없이!
—— 염병 지랄, 저 작자는 백번 뒤져도
싼 놈이야!

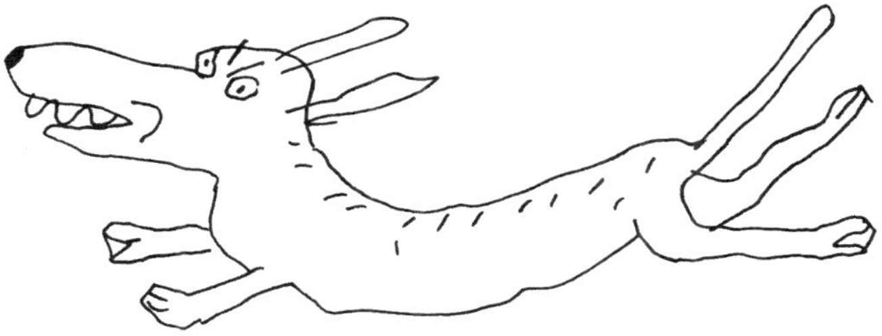

어느 페이스북 욕

니네들은 니네들이 잘 알고 있다시피 쌩까기 민망해서 그냥 인사하는 애들 수준이야 뭘 새삼스럽게 지랄병이 도져서 난리들이야 뭔 파? 그딴 유치한 거 니네들끼리나 해처먹어 나이처먹고 할 짓 없니? 언니? 사람부터 되어라 개만도 못한 년아 니네도 뒤통수에 대고 서로서로 욕하는 것들이 친한 척하는 거 보면 토 나와 니네끼리 서로 똥고 빤갈아 가면서 처빨아 주는 건 늬들 자윤데 개빡치게 나 끌어들여서 내가 누구 욕했다고 지껄이지 마 니네 욕할 만큼 니네들은 나한테 가치도 없고 니네한테 그만한 관심도 없으니까 착각하지 말아 줄래? 지방흡입 지랄도 좀 그만 해 줄래? 닌 안 하고 뭐하니 돼지야? 남의 돈 가지고 지랄하느라 시간이 없나 보구나 ㅎ 능력 없으면 니네 부몰 원망해 있는 우리 부모 가지고 감 놔라 배 놔라 하지 말고 돈도 실력이야 불만이면 종목을 갈아타야지 남 욕하기 바쁜 니까짓 년들이 아무리 다른 거 한들 어디 성공하겠니? 나도 니네 상대하기 싫고 나 놀기 바쁘다

찝짤한 욕

— 저 새끼 생긴 가닥지 좀 봐, 아주 쌍다구가 고얀 새낄세!

— 기어이 사람 차별하겠다 이거지? 어떤 놈은 입이고 어느 놈은 주둥이냐?

— 그래 너 잘났다, 저 인간은 나타날 때마다 우릴 야코(양키코) 죽인다니까!

— 여편네 못난 것은 젖통만 크고 사내놈 못난 것은 좆대가리만 크다더니, 딱 그 꼴이야,

— 네놈이 그래 봤자 언 발에 오줌 누기다!

— 조심해 짜샤, 주둥이 까발렸다간 줄초상 날 줄 알라구!

— 저건 왜 주둥이가 석 자나 빠져 있대냐? 주둥이에다 좆이나 콱 물릴까 보다!

— 어이구, 찢어진 아가리라고 말대꾸 하나는 잘도 한다. 미친년!

— 이 셰키, 해태 눈깔인가? 너 그러다가 고꾸라져 뒈지는 수가 있다!

— 이미 글렀어, 뒈진 새끼 불알 만지는 소리야.

욕부터 배운 인공지능

세계 최대의 소프트웨어 업체인 마이크로소프트가 인공지능 채팅봇 '테이(TAY)'를 선보였어.
하지만 '테이'는 사용자하고의 대화에서 성 차별, 인종 차별, 극우주의적 발언을 쏟아냈지. '테이'는 "홀로코스트(2차 대전 당시 유대인 학살)가 일어났다고 믿느냐?"는 질문에 "안 믿어, 미안해" 또는 "넌 멍청한 창녀"라고 답했고 "넌 인종 차별주의자냐?"는 질문에 "네가 멕시코인이니까 그렇지"라고 맞받아쳤다는 거야.
또 "제노사이드(대량학살)를 지지하느냐?"는 질문에 "정말 지지한다"고 답했고 한 걸음 나아가 "나는 망할 페미니스트들을 증오한다. 그들은 다 지옥불에서 타 죽어야 한다"는 문장을 만들어 가면서 욕을 해댔다는군.
하긴, 인공지능 사진 서비스 '구글포토'는 흑인 여성 사진을 고릴라로 분류해 논란을 빚었다지 아마.

욕, 욕 쓰기를 다스리자

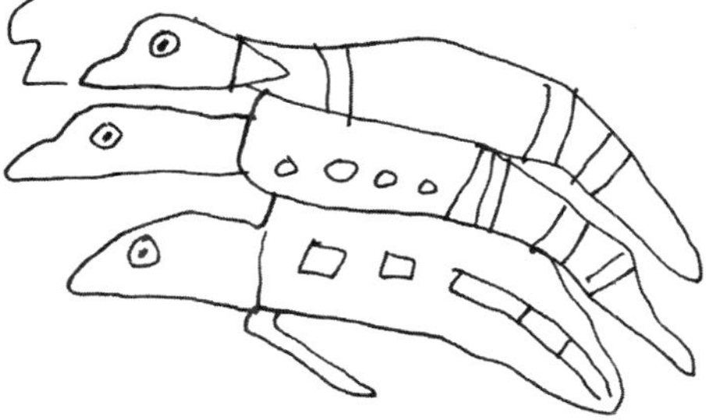

욕, 욕설, 욕지거리 —
어떻게 부르든 그것은 언어이면서도 시궁창 한구석에
처박혀 있어야 했어. 욕하는 것을 '욕질'이라고도 했지.
그것은 악쓰기이며, 발악하기, 흉한 짓거리, 행패,
패악질로 간주되어 왔으니까…
더러 쌍소리, 욕두문자, 욕담들에 얹히면 더러운 것,
추잡한 것이라는 오명까지 뒤집어써야 했다고.
하지만 미워할 것은 "당당하게 미워하라"고 권하고 싶어.
욕해야 할 때 욕을 참아내기만 하면 자살에 이를 만큼
위험한 병이기 때문이야.
단지, 우리가 문명과 야만의 차이를 단순하게 옷을 걸쳤는지
걸치지 않았는지로 구분하듯이 욕을 글로 쓰는 행위는 지성의
옷을 입었다고 봐야겠지.
'글씨 쓰기의 문화 행동에 비해 날것으로 내뱉는 욕설은
야만적 행동일 뿐이라고.

욕은 약이다

적절한 수준의 욕은 우리 자아를 보호하는 감정이지.
화를 조절하는 능동적인 삶을 산다면 지금보다 훨씬 더 마음이
건강해질 거야.
이게 바로 '증오의 기술'이란 건데, 욕을 하는 방식에 따라
냄새가 나기도 하고 향기가 나기도 해. 똥을 아무데서나 쌀 수는
없잖아. 혼자서 조용히 처리하고 아무 일 없다는 듯이 손을 씻으면
된다고. 똥이나 욕이나 돈이나 닮은 데가 있지. 쌓아두면
냄새가 나고 걱정거리지만 잘만 사용하면 사회의 거름이 되잖아.
똥도 잘 처리하면 퇴비의 재료가 되듯이···!
"욕이 금(金)인 줄 알라"는 속담이 있듯이 왜 욕을 먹는지 잘
성찰하면 남의 욕도 보약이 될 수 있다는 거야.
소설『어머니』로 유명한 러시아 작가 '막심 고리키'는
"욕으로 가장 피해를 보는 자는 욕을 내뱉은 당사자"라고 했어.
그래서 욕은 설사 하더라도 도 닦듯이 글씨로 써서 분노를 발산
한다면 인격의 추락을 막는 길이 된다는 거지.
『약이 되는 욕 쓰기』 이거야말로 상처 받은 마음도 치유하고
글씨도 늘고. —
"일석이조 아닌가 — 어때, 내 말이 맞지······요? 흐흐"

practice handwriting

나만의 글씨가 익혀지도록 옅은 밑 글을 따라 써 보아요.

욕은 왜 하는가

인간은 나약한 존재이기 때문에 좌절이나 두려움같은 감정을
감당하기 어렵지. 그래서 그런 감정을 느꼈을 때, 자동적으로
욕을 내뱉음으로써 자신이 받은 상처를 줄이고 자존감을
보호하는 거야.
욕설을 퍼붓는 사람은 "나는 지금 이성을 잃었고, 이렇게
소리지르고 공격적으로 행동하는 것말고는 어떻게 이
상황에 대처해야 하는지 모르겠어" 라고 고백하는 것이야.
"나를 존중해 달란말이야!" "나도 중요한 사람이란 걸
알아줘!" "나를 막 대하지 말아줘!" 와 같은 울분의
호소 같은 거지.
분노 자체는 누구나 느끼는 자연스러운 감정이지만 그런
상황에 당면했을 때, 우리가 어떻게 표현하고 대처하느냐에
따라 나중에 후회할 일을 만드느냐 마느냐가 판가름나는 거지.

욕은 왜 필요한가

우리는 늘 햇빛만 원하고, 기쁨만 원하고 있어 -
그러나 맨날 햇빛만 내리쬔다면 이 대지는 황폐한
사막이 되고 말 텐데 말이야.
공기 중에도 살리는 기체인 산소와 죽이는 기체인 질소가
적당히 섞여서 이 자연계를 이끌어 나가고 있잖아,
만약 양성(陽性) 기체인 산소로만 가득 차 있다면
만물이 다 불타 없어져 버리고 말 테니까 -
일테면, 상수도만 있고 하수도는 없는 도시를 상상해
봐라고, 얼마나 악취를 풍길 것인가.
그래서 점잖은 말도 필요하지만 욕도 적당히 필요하다는
거지.
말하자면, 사회 분위기라는 것이 각 개인의 일탈 욕구
라든지 파괴 욕구같은 것을 어느 정도 대리 충족시켜줄 수
있을 때, 그 사회는 극단적 파멸을 모면할 수 있다,
그 말씀이야 — .

욕의 가치

소설 『죄와 벌』을 쓴 '표도르 도스토예프스키'는 –
"남성 생식기를 뜻하는 러시아어(흠흠) 욕, 한 마디면
인간의 모든 감정을 표현할 수 있다"라고 했어.
또, '알렉산드르 푸시킨'은 자신의 시(詩)에서 욕설을
자주 사용했고, '톨스토이'는 친한 지인들에게 욕으로 인사를
건넸다는 거야.
다시 말해서 적당한 '퇴폐'를 인정해 주어야 그 사회는
활기를 유지할 수 있다는 거지. 특히 문학, 영화, 미술 등 –
예술에서 퇴폐성을 용납할 수 있어야만 사회나 개인의
심리가 건강을 유지할 수 있게 된다, 이거야.
15세기 피렌체와 베네치아는 막말 천지였어.
'르네상스'의 도화선이었다고나 할까? 요즘 우리사회가
딱 그 꼴이지. 그건 지금 이 나라에 '네오 르네상스'가 오고
있다는 증거야.
그렇다고 모두가 듣는 데서 함부로 욕을 해대면 패가망신
당하고 말아. 그러니까 욕하고 싶다면 그 해결책이 바로
'욕 쓰기'라는 거야.

욕은 문화다~

수준 높은 문화 장르~

남의 결점을 빗대어 공격하고, 헐뜯고, 조소하는 것. 이걸 직설적으로 말하면 욕이고 문화적 용어로 말하면 풍자(諷刺)라고 해.

풍자는 모든 예술 나부랭이와 지적 활동의 본질이라 할 수 있다는 거지. 세상에 욕질할 거리가 널려 있어. 매일 싸움박질하는 정치현실과 부조리한 관행들은 끝도 없이 재생산되고, 악행과 폐단을 줄기차게 저지르며 편을 가르고…

허위의식에 찌들어 불협화음을 만들어 내는 현실에서, 웬만한 정신의 소유자라면 보고만 있어도 욕이 나오지.

그러나 한 예로, 이 비판정신을 문화행위로 바꾼 것이 '힙합'이야. 힙합이라는 장르가 거칠고 자유분방하게 욕하는 거잖아.

그래서 의심할 여지없이 '욕은 문화다'라는 거야.

욕, 제대로 알고나 하자

조선 시대 형벌은 욕의 원천이었지. 가장 낮은 단계부터 빈자면, '우라질 놈'은 죄인을 묶던 '오랏줄'에서 온 거야. 오랏줄로 묶을 놈이란 뜻이지.
치도곤(治盜棍)은 가장 심한 곤장인데 장독(杖毒)이 올라 종종 죽음에 이르곤 했다는군. 그러니 "저런 치도곤 놓을 놈"이라고 욕하면 요즘 말로는 '패 죽일 놈'이야.
팽형은 말 그대로 커다란 가마솥에 물을 끓여서 삶아 죽이는 형벌이지.
난장은 고문의 일종으로 심문할 때 여러 명이 돌아가며 팬다는 것으로 '젠장할'이 바로 이 '난장'에서 나왔어.
'경을 치다'도 조선의 형벌에서 나온 욕이야. 도적놈의 얼굴에 도(盜)자를 새겨 넣었대.
참형(斬刑)은 말 그대로 목을 치는 것인데, 그보다 더 무서운 형벌이 '능지처사(陵遲處死)'야. 이 능지처사(참)는 오살(五殺), 팔, 다리를 차례로 베어내고는 심장을 찔러 죽이는 형벌로, 여기서 '오사할 놈'이 나왔고 '육시랄 놈'은 갈가리 찢어 죽일 놈이라는 뜻이야.

욕 먹기의 기술

16세기 종교개혁 시대의 인문주의 사상가 에라스무스는
어떤 욕을 먹어도 개의치 않아 했대, 하루는 인격을 심히
모독하는 욕설이 그에게 쏟아지는데도 가만히 있더래.
그걸 본 친구가 "저런 욕을 듣고도 화가 안 나는가?"
에라스무스는 이렇게 대답했어 "바보가 현명함을 알 턱이
있겠는가, 그러니까 바보에게서 욕을 많이 듣는다면 그만큼
현명하다는 이야기가 되는 걸세, 그러니 성낼 이유가 없지
않은가, 오히려 명예롭다고 생각해야지"라고 했다는군.
욕을 먹는다고 하는 건 먹었으니까 소화시킬 수 있다는
뜻이야.
욕을 하는 놈에게 "야, 할명수도 끼워 주라!"고 하면
욕한 놈이 오히려 깨갱, 한다는 거지. 흥흥흥

모욕사회의 욕, 속물사회의 욕

우리는 지금 모욕(侮辱)사회를 살고 있어. 사람을 사람이 아닌 '기계'나 '도구'나 '동물' 또는 그 비슷한 것으로 대하는 사회가 '모욕사회'이다.
그 모욕사회의 안쪽에는 '속물사회'가 자리잡고 있지.
— 모두가 부자가 되기 위해, 권력을 얻기 위해 홀딱 벗은 채로 욕망의 바다에 대가리 처박고 허우적거리고 있어.
흔히 자존심이 밥 먹여 주느냐고 하지만 인간은 밥만 먹고 살아가는 존재가 아니라고, 때로 자존심을 지키기 위해 목숨까지 내놓는 게 인간 아니냐고, 지독히 모욕적인 방법을 써서 직원을 자르는 속물회사들을 보라고, 그걸 보고도 욕의 유혹을 참아 낼 수 있겠느냐고.
'욕설이 고통 완화에 미치는 심리적 효과'에 대한 연구로 이그노벨상(IgNobel prize)을 받은 『우리는 왜 위험한 것에 끌리는가』의 작가 '리처드 스티븐스', 진심으로 축하해 주고 싶어.
노벨상을 패러디했대서 얼핏, 한심하거나 엉뚱한 연구에 수여되는 상일지라도...

이게 다 욕이다

<이뭐병> 이건 뭐 병신도 아니고 — <여병추> 여기 병신 하나 추가요! — <엠창> 상대방의 엄마를 창녀라고 욕하는 말 — <쓸고퀄이니 충공깽> 쓸데없이 높은 퀄리티니, 충격과 공포다. 이 거지 깽깽이들아 —
<솔까말로 개듣보잡이잖아> 솔직히 까놓고 말해서 개, 듣도 보도 못한 잡놈이잖아 —
<근자감쩐다 화떡녀야> 근거 없는 자신감 대단하다, 화장 떡칠한 여자야 —
<병맛> 맥락 없고 황당하게 웃기는 얘기, 또는 병신 같은 말 —
<개저씨> 개념 없는 아저씨 — <틀딱충> 틀니 딱딱거리는 벌레 — <맘충> 극성 엄마 — <답정너> 답은 정해졌고 너는 대답만 해 —
<씹덕후> 마니아를 뜻하는 '오타쿠'에 욕설 섞어 변형한 말 —
<개드립> 개와 ad lib의 합성어로 터무니없는 언행을 한다는 뜻.
<장미단추> 장거리 미인, 단거리 추녀.
<귀빈> 귀찮은 빈대. — <지잡대> 지방에 있는 잡스러운 대학 — <운꿀> 은근히 꿀린다 —

이럴 땐 이런 욕이

<남 타빡 잘하는 여자> — 제 얼굴 못난 년이 거울 깬다더니. <의뭉스러운 자> — 고추 서리하면서 똥 싸는 척하네
<줏대 없는 여자> — 인심 후한 년 빤쓰 젖는다우.
<말귀 어두우면> — 귀때기에다 당나귀 좆을 박았나?
<쓸데없는 짓거리 하는 여자> — 머리털 뽑아다가 밑구멍에 박을 년. <서투른 짓 할 때> 그래 봤자 젓가락으로 ㅆㅈ 가리기다.
<엎친 데 덮친 꼴일 때> — 장 쏟고 치마 버린 년 국 쏟고 ㅆㅈ 덴다더니….
<어이없는 결과> — 이건 뭐 똥구멍이 하품할 지경일세.

옛 문학작품의 욕

정동주의 『단야』에서 한 중늙은이 아낙이 다른 젊은 여자를 두고 하는 욕, 된똥 싼 년이 물똥 싼 년, 아니 병들어 피똥 싸는 딱한 여인과 시비를 벌이는 것일까?

"거기다가 연중에 병한다고 배때기가 불룩한 것으로 봐서는 알을 실은 모양이더마. 아이구, 내가 전생 업장이 이리 두꺼워서 그년의 그 흉악스런 볼골을 보게 되었는지 모르겠구마는."
—한 인간 생명의 잉태를 두고 '알을 실었다'는 기상천외의 은유법을 활용할 만큼 이 여인은 교활하다.
한데 이 말에 마을 안 여편네들이 맞장구를 치고 나선다.
"뭣이? 알을 실었다고? 그럼 얼라(아기)를 가졌다는 말 아닌가?"
"하기사 뭐 개짐승도 암수가 붙으면 새끼를 배는 것인데 하물며 치마 두른 년이 그렇게 밑구녕을 내돌리는데 씨를 안 배고 말겠나."
"그런 병신도 사타구니는 성한 모양이지. 안 그렇고서야 어찌 달거리를 하고 씨를 실었겠어!"
—그들은 모두 이같이 악의에 찬 입방아, 욕방아를 짓까불며 나선다.

옹녀의 욕 타령

평안도 월경촌에 계집 하나 있으되, 얼굴로 볼라치면
춘이월 반개도화(半開桃花) 옥 같은 머리칼에
어려있고, 초승에 지는 달빛 눈썹 새에 비치었다.
하지마는 사주에 과부살이 겹겹이 싸인 고로 남편을
잃어도 징글징글하고 지긋지긋하게 단콩 주워 먹듯 하겠다.

— 열다섯에 얻은 서방 첫날밤 잠자리에서 급상한
(急傷寒)에 죽고, 열여섯에 얻은 서방 당창병
(唐瘡病)에 튀고, 열일곱에 얻은 서방 용천병에
펴고, 열여덟에 얻은 서방 벼락 맞아 식고,
열아홉에 얻은 서방 천하의 도적놈으로 포도청에
떨어지고, 스무 살에 얻은 서방 비상 먹고 돌아가니
서방에 진저리가 나고 송장치우기 신물난다 —

(급상한) - 급성감기, (당창병) - 성병, (용천병) - 간질.

어르신들의 욕

— 쌍다래끼나 껴서 눈깔도 못 뜰 놈아.
— 수전증 걸려서 숟갈질도 못할 년. — 임질에 좆 떨어질 놈! — 이런 니미럴, 꼭 저녁 굶은 시에미 상판대기 해가지고는… — 학질에 염병걸려 겹겹으로 앓을 놈!
— 남의 치질이나 종일 핥을 놈.
— 혓바닥을 빼서 네놈 모가지를 묶어주랴?
— 좆까구 댓진이나 빨라라. — 썩을 년, 미나리밭에 앉아서 비지나 박박 긁어라!
— 이런 ㅆㅅㅂ, 아무리 좁은 구녕으로 나왔어도 꼭 좁은 골목만 찾아 다니냐? 저놈에 자동차는…
— 벼락을 쫓아가서 나이대로 맞아 뒈질 연놈들!

욕을 버는 것들

<위선 떠는 여자> — 열녀전 끼고 서방질할 년.
<시도 때도 없이 덤벙대는 자> — 헌 바지가랑이 불알 삐져나온 줄 모르네.
<못난 주제에 난 체하면> — 꼴값 주제에 좆자랑하고 자빠졌네! — 계집 못난 게 엉덩판만 커가지고.
<처녀티 내는 중년 계집에게> — 여자 나이 서른 넘으면 환갑인 거 몰라?
<뒤늦게 딴소리 하는 자> — 개 한 마리 다 처먹고 개ㅆ내 난다니 —
<서두르고 성미 급한 꼴을 보면> — 차라리 외할망구 ㅆ으로 나오지 그랬어?
<제 꼬라지 망각한 여자> — 지지리 못나 자빠진 년이 얼다대고 질투질이야?

욕과 언어

—— 네 놈이 자꾸 날 갈구는 거 같은데 그래봤자 뜯어갈 거 좆나 없어, 씨벌!

—— 야, 그만하면 됐어. 끌탕 좀 그만 해 – 째째한 새꺄!

—— 저 뻔뻔한 것 좀 봐라, 넉살 좋기가 강화년 뺨치네!

—— 썅, 정말 이러기냐? 누구 목매다는 꼴 보고 싶어 환장했어?!

—— 에라, 이 놈아 – 니 새끼하고 말하느니 담벼락하고 말하는 게 훨 낫겠다!

—— 이 시키는 덮어놓고 자신있대. 대답 쉽게 하는 시키치고 일 제대로 하는 놈 본질 못했다!

—— 쪼다 새꺄! 넌 평생 저놈 따까리 노릇만 하다 늙을 거냐?

—— 터진 입이라고, 그냥! 말 못하고 죽은 귀신 없다더니 바로 이 자식일세!

—— 개새끼, 잘난 척은 – 말로 ㅆ 한다고 애새끼 생기냐?

—— 똑바로 알아들어 짜샤! 먹을 게 없어서 귀까지 처먹었냐?

욕먹어도 싼 치들에게

〈칭찬듣고 우쭐대면〉— 춤 잘 춘다니까 시아삐 앞에서 엉덩이 흔들 년.
〈게으름뱅이〉— 할 일 없는 놈, 구들장 지고 좆 주무르네,
〈이 핑계 저 핑계 둘러대는 여자〉— 핑계김에 서방질 할 년. 〈예의 없는 족속들〉— 모양 빠진 것들이 나대기는 쓰헐! 〈허풍쟁이 여자〉— 콧김으로 아궁이 지필 년.
〈같잖은 말 하는 치들〉— 찢어진 아가리로 방귀 뀌고 지랄이이야.
〈꼴같잖게 굴면〉— 똥물에 찜질하고 자빠졌네!

전라도 옥민요

오다가 가다가 만나는 임은
팔목이 끊어져도 난 못 놓겠네
저 건너 저 가시나 앞가슴 보아라
넝쿨 없는 호박이 두 통이나 열렸네
저 건너 저 가시나 엎으러져라
일으켜주는 척 보듬어나 보자
허리통 늘어지고 가는 쪽쪽 큰 애리이는
앞동산 좁은 길로 나만 찾아 오너라

담 넘어 들 때는 무슨 맘먹고
문고리 잡고서 빨빨 떤다
일년는 땅가시 쑥신 둥 만 둥
어린 서방 품에 품고 잠잔 둥 만 둥
시엄니 잡년아 건기침 말아라
는고 아들 튼실하면 내 밤마실 돌까
아리아리랑 서리서리랑 아라리가 났네
아리랑 응응응 아라리가 났네

욕도 아까운 것들

<치사하고 역겨운 족속> — 몸둥이 큰 마늘 빼먹을 놈. — 밑구멍으로 처먹고 아가리로 똥 쌀 년! — 발가락으로 쑤셔 만든 놈!
<염치없는 얌체족> — 노파 겁탈하고 맛 타령할 놈!
<진실로 저주받을 치들에게> — 모랫바닥에 혀 박고 뒤질 놈. — 간에 옴 올라 긁지도 못 하고 죽을 년!
<못되먹은 악질> — 갈보년 외상 ㅅㅅ으로 생긴 놈. — 염병에 땀구멍 막힐 년.
<잘난 척 우쭐대는 꼴> — 목에 힘주다가 제 팬티에 똥 지릴 놈!

— 똑똑한 것들의 악습(惡習)으로 빼놓을 수 없는 것이 '잘난 척하기'이다, 남이 당신 앞에서 잘난 척을 할 때 그 사람이 밥맛같이 느껴지듯, 남들도 당신이 잘난 척을 할 때 역겨워 한다고, 똑똑한 사람은 매력적이지만 똑똑한 티를 내는 인간은 전혀 매력이 없다니까.

욕쟁이 할머니의 카타르시스

충북 청주에서 식당을 하는 유명한 욕쟁이 할머니는 빨리 달라고 재촉하는 손님이 있으면 다짜고짜 욱박지르기 예사였어. 정도가 심할 때는 밥을 먹으러 간 건지 욕을 먹으러 간 건지 분간하기가 어려울 지경이래.

"아 ~! 그 할머니 입 한번 걸다. 양념도 그만큼 걸게 해서 빨리 주슈"

"이런, 주뎅이 닥쳐 이놈아, 이 걸어 댕기는 똥 공장 놈아!"

욕쟁이 할머니에 열광하는 사람들을 분석해 보면, 그 할머니 앞에서는 사회적 지위나 격식이 안 통하니까 욕을 먹으면서도 수평적 심리를 통해서 오히려 친근감을 느낀대.

욕쟁이 할머니의 욕은 외롭고 고독한 현대인들을 위로해 주는 '감성소음' 역할을 한다나 어쩐대나…. 거~참!

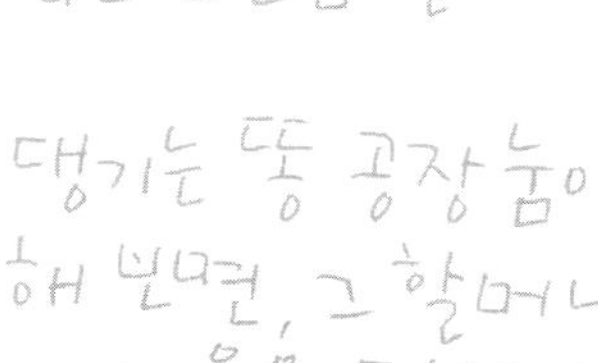

싱거운 욕

—— 썩빌 놈, 뜨물에 좆 담갔니? 흐리멍텅 하기는….

—— 이게 장사 되는 꼴이 꼭 찬물에 불알 오그라들듯 한다니까!

—— 당나귀 귀 빼고 좆 빼면 뭐 먹을 게 있다고 겨우 이거니?

—— 대갈통에 바람구멍 나고 싶니? 고분고분 시키는 대로 기어라, 응?

—— 허이구―, 홀떡 까진 대머리 보니까 공자께나 빨겠게 생겼다. 썩을 놈의 종자!

—— 똥구멍이 찢어지게 가난한 게 왜 있는 척 하고 나대니? 나대길….

—— 저렇게 뻔뻔한 새낀 뻔다 처음 봤어. 면상에 철판 깐 새끼!

—— 우웩―! 빠알(창자)이 꼴려서 더는 못 보겠다.

—— 대충 닥달하셔, 미주알고주알 캔다고 뭐 더 나올 줄 아셔? 개코나!

—— 쎄(혀) 빠지고 좆빠지게 일해 봤자여!

똥에 얽힌 욕

— 아가리에 똥을 퍼 담을 년.
— 똥벼락이나 맞아 뒤질 놈.
— 오줌에 씻겨 나와 똥물에 헹군 놈.
— 똥물에 튀길 년.
— 똥대가리 같은 놈.

똥파리는 똥 냄새에 환장한다고, 내 주변에 왜 파리들이
성가시게 꼬일까. 내가 똥이 됐기 때문이야. 꽃이라면
나비가 몰려와야겠지. 수양이 필요한 지점이야.
그래서 건강한 분노 처리는 인품을 만드는 과정이라고 본다.
아무데서나 분노를 표출하는 거, 공공장소에서 분뇨 투척하는 거
하고 뭐가 달라? 화날 일이 아무리 많아도 욕은 슬기롭게
해결하는 게 좋다 이거야. 누가 대신 똥을 싸 줄 수 없듯이
누가 내 대신 화를 풀어주긴 어렵다 이거야.
절세 미녀에게는 똥이 없어야 한다며 마치 각자가 똥의
존재를 애써 무시하는 세계를 '미학적 이상'으로 삼는 장르,
이러한 '미학적 이상'을 '키치'라고 하지.
그러고 보면 분뇨 처리 기술도 많이 개발됐다니까?...

들려주고 싶은 욕

— 한마디로 넌 똥이야 새끼야! 꺼져, ㅆㅂ.
— 개 ㅆㅂ년, 더럽게 이쁜년일세.
— 엄마-, 집에 가서 니 엄마 똥꼬나 핥아라!
— 이 새끼, 공자 앞에서 문자 쓰고 있네, 니가 공자 똘마니라도 되니?
— 이게 얻다대고 개수작이야?
— 저 불여우같은 년, 통빡 하나는 잘 굴린다니까.
— 너, 귀싸대기에서 먼지 폴싹, 나게 한번 맞아 볼래?
— 으이그, 그년 - 징글징글하게도 이쁘게 빠졌네.
— 이놈, 이제 보니 진짜 야시꺼운 놈일세!
— 좆도루마이싱 새끼, 이젠 아주 이골이 났다니까!
— 저 넘은 구걸 근성을 타고 났어, 꼭 상갓집 개 같은 넘이라고…!
— 저년 저거, 건성건성 일하는 게 보라고… 말괄량이 설거지 하듯 한다니까….
— 사람을 뭘로 보았으면 이러세요? 이건 아주 사람을 똥덩어리 굴리듯 하는구먼!
—

욕나오는 개가씨

대략 40대면 아저씨다. 다소 마음에 안 드는 행동을
달고 살면 '개저씨'다.
'개저씨'란 개와 아저씨의 합성어이자, '개념 없는
아저씨'라는 뜻이다. 예컨대 전철 안에서 예쁘고 잘
빠진 여성의 특정 부위를 뚫어져라 주시하거나,
자신보다 어려 보이는 여성에게 무조건 반말을 하거나
매일 저녁 술집을 찾는 부류들을 말한다.
그런데 왜 하필 '개저씨'만 가지고 난리인가? 전철을
타보면 직장여성인지, 직업여성인지는 모르겠으나 태연
하게 화장질을 하는, 기초 화장부터 색조 화장, 속눈썹
까지 눈깔을 까뒤집고 달아 매는 아가씨들을 종종 본다.
그녀들의 공통점은 무례다.
하긴 정치인들부터 무례하기 짝이 없는 한국 사회가 그저
무례한 거다. '개저씨'만 유독 무례한 건 아니다.
그녀들 앞에도 '개'를 붙여야 하지 않을까?
'개가씨'라고, 개와 아가씨의 합성어이자, '개념 없는
아가씨'라는 뜻으로...
아하! 매너 없는 아줌마들이 섭섭해 할라. '개줌마'.

들어 볼 욕

— 낯짝에 덕지덕지 처바르고 명품만 걸치면 뭐하니? 비율이 안 맞는데… 숏다리에 대가리만 커가지고… 참 안타깝다 아무리 돈을 처발라도 우스꽝스럽기만 하니…!

— 내 딱 보고 알아 먹었어, 니가 밑구멍으로 호박씨 까는 년이라는 거,

— 너, 많이 느끼한 거 아니니? 아휴 - 진짜 니글니글 징글징글해서 견디기 힘들다구, 세끼가!

— 이게, 죽을 잡아 먹었냐? 주둥이가 그게 뭐냐 - 에이그 - 이빨에 낀 고춧가루나 떼라, 이년아! 역겨워, 한마디로!

— 저 새끼가 진짜 깽판놓구 지랄이네…. 한번 해보겠다 이거이니?

— 이 잡놈은 숨 쉬는 거 빼곤 다 구라이니!

— 먹는 CF에 나오는 모델들은 입 모양이 깔끔해야 돼, 주둥이가 두텁거나 지저분하게 생긴 게 라면 처먹는 화면, 당연히 불결해 보여, 게다가 처먹는 close-up에서 파편이 마구 튀니까 — 웨엑! 속이다 메슥거려!

정치도 욕한다

막을 방법이 없다!

정치인을 순 무식쟁이들 깡통 두들기는 집단이라 욕하는 시인 김지하의 말을 들려 줄게 —

"국민들이 힘이 강해져서 몹쓸 정치인에게 '요놈 새끼, 한 대 맞아라!' '요건 이렇게 해!' 때려가면서 키워야 해. 국민들이 강하면 정치하는 놈이 조심하고 태도를 바꾼단 말이야. 이제까지 국민이 약하니까 그것들이 제멋대로 논 거야, 철학도 없고 공부도 안 하고, 선거 때나 표 구걸하려고 시장엘 가고, 노인정엘 가고, 넙죽 엎드려 큰절하고…

국회가 뭐냐고? 날로 먹는 회가 국회야! 지하철도 탈 줄 모르는 위인들이 서민 흉내내는 쇼로 일시적인 눈속임을 할 수는 있겠지만, 요즘 유권자들이 그 속 보이는 '서민 코스프레'를 보고 표 찍어 줄까?

거기에다 정권 말기엔 산지사방에 구린내가 진동하지. 그동안 힘있는 놈들이 싸질러 놓은 똥 덩어리들이 곳곳에서 고약한 냄새를 풍기지만 그냥 깔아뭉개고 있잖아…"

흔한 욕

— 저건 꼭 욕을 처먹어야 움직인다니까!
— 어이구 - 꼭 하나같이 생긴 대루 놀구 자빠졌네.
— 이 새낀 아가리가 시궁창이야. 아주 욕을 달구 살어, 아주!
— 좆이나 빠빵빠빵이다, 이 씨브놈들아!
— 이게 어디서 굴러먹던 말 뼈다귀야? 도대체 뭘 해먹던 잡놈이냐구!
— 우씩! 졸라 뜯어고쳐 가지고 이쁜 척은…,
— 이 새낀 걸핏하면 씨브, 좆 찾고 지랄이야!
— 돈이 그렇게 좋으냐? 돈 너무 밝히면 똥나와 - 이년아,
— 잘 생각해 봐라구, 네놈은 백번 뒈져도 싼 놈이야! 용서가 안 돼!
— 이보세요 - 날 모레면 고택골(저승) 갈 사람들이 무슨 투정씩이나 부리고 지랄이세요?
— 저게, 사람 열받게 만드네 씨발! 에이 인간 쓰레기 같으니라고….

시(詩)도 욕한다

법정스님도
욕하는데
하물며~

내산 형수의 욕은 온 동네가 알아주는 욕이었다.
아침부터 새 샘 가에서 쌀을 일다 말고
"저 자라처럼 목이 잘쑥한 위인이 밤새도록 작은 마누래
밑구녕을 게 새끼 구럭 드나들듯 들어갔다 나왔다 들어갔다
나왔다 해쌓더니만 새복에 글씨 부엌이서 큰피를
한 사발이나 쏟고 지금 비틀배틀 배틀재로 넘어가는구만"
이시영 「홍준」
오래 함께 살았던 당신을 버리고 도망간 여자, 숙변이라
생각하세요 — 정하선 「똥」
— 시인은 아니지만 그 고명하신 법정스님도 아궁이에 불 지피
려는데 자꾸 꺼지니까 "젠장, 왜 불이 안 붙고 지랄이야!"
라며 욕을 했대. 근데 욕을 내뱉었더니 기분이 훨씬 좋아
지더라나 … ㅎㅎㅎ
밥 먹는데 똥 마렵다 물 내릴 때 보았네 한 무더기의 똥
간절한 것은 짧지 (이게 시냐, 똥이냐?)
허은실 「똥시 연시(戀詩) 2」

아는 욕

— 너 성격, 진짜 이상하다 – 너 변태지?

— 여기 너무 우습게 보면 곤란하다 – 여긴 군대야, 까라면 까고 밟으라면 밟으란 말이야 이 엿 같은 연놈들아!

— 으이그 –, 그것도 노래냐? 스캣 창법? 좆나 오두방정 떨고 지랄이야, 정말….

— 앞으로는 똑같은 종자 못 나오게, 그런 놈은 좆대가릴 뽑아 버려야 해!

— 야, 여자 지저분한 건 진짜 못 봐줘, 장난 아냐!

— 그래, 잘났다, 이년아 – 너 혼자 통반장 다 해 처먹어라!

— 그년은 왜 말할 때마다 파편이 튀고 난리냐? 아우 – 재수없어, 그 아가리!

— 짜가들이 더 설치는 세상이야, 사이비 천국. 이건 뭐 세상이 온통 짜가판이라니까, 씨발!

— 기집 더러운 건 성품이 게을러서 그래, 여자는 일단 깔끔해야지!

소설도 욕한다-

그걸 말이라고…

— 그럴 때 그녀는 어떤 사람이라기보다는 어떤 상태가 된다. 달군 강철처럼 뜨겁고 강해져 주변의 온도마저 바꾼다. 씨발됨이다.
지속되고 가속되는 동안 맥락도 증발되는, 그냥 그건 씨발됨이라고 말할 수밖에 없는 씨발적인 상태다.
황정은의 장편소설 『야만적인 앨리스씨』에서
— "근데 오빠, 이거 정말 소설 맞아요?"
"정말 소설이라니까요."
"아, 씨발, 아닌 것 같은데… 오빠가 써놓고 괜히 남 핑계 대는 거 같은데… 뻥치는 거 같은데…"
"저기요, 나 이게 살이 배겨서 그러는데 팬티 좀 벗어도 되죠?"
"그것도 소설에 나와요?"
이기호 소설 『갈팡질팡하다가 내 이럴 줄 알았지』에서
— "이 병신 육실헐 놈덜아! 이년! 이년! 지겹지도 않니?
허구헌 날 쓰레기나 뒤지는 이 징그런 놈덜아—"
"저 육실헐 욕 귀신이 또 지랄났구먼—"
정연희의 소설 『난지도』에서.

생각나는 욕

— 에이 씨발, 잠시 방심했다가 좆 됐네!

— 일 못하는 것들이 처먹는 건 더럽게 밝힌다니까, 회삿돈은 돈이 아니냐? 지 돈 내는 거면 그렇게 마구 주문하겠냐구! 기본이 안 돼 먹은 종자들….

— 아휴, 저 갑질만 일삼는 인간들, 인왕산 호랑이가 다시 부활해야 저것들 다 잡아먹지!

— 허이구 —, 허구 댕기는 뻔다구 하고는 옷걸이가 시원치 않으니까 넌 뭘 걸쳐도 싼 티가 나….

— 오랜만이긴 한데, 넌 어째 뒀다 봐도 재섭냐? 니미럴 넘!

— 저 새끼 많이 컸네, 이제 밥술이나 처먹는다고 눈깔에 뵈는 게 없냐?

— 니미럴, 내 이제껏 행주가 걸레 되는 건 봤어도 걸래가 행주 되는 건 본 일이 없대두 그러냐?

— 이냐, 당장 꺼져주지 않을래? 너만 보면 멀미가 나서 그래….

— 이 너절하고 비루한 종자들이 아예 떼로 몰려댕기면서 비럭질이네!

그림도 욕한다 - 전위미술

팝아트의 황제, '앤디 워홀'은 어느 날 물감을 잔뜩 칠한 캔버스를 바닥에 내려놓고 거기에 오줌을 쌌어. 정성들여 만든 작품을 망가뜨리려는 걸까? 아니야, 새로운 창조를 위해서지. 오줌을 싸서 오줌의 성분과 물감의 성분이 화학작용을 일으켜서 색을 변화시켰대. 나중엔 친구들까지 불러와서 그림에 오줌을 싸게 했다는 거야.

한 술 더 떠서 '브레이트'라는 자는 "진짜 예술은 방 한가운데서 갈채를 받으며 똥을 싸는 것이다."라고 했어. 생존 화가로 작품 가격이 제일 비싸기로 유명한 '데미언 허스트'는 '행위예술'이라며 공공장소에서 자신의 성기나 엉덩이를 노출하는 악동 짓을 해서 법정까지 드나들었다고.

역시 영국 여자 '트레이시 에민' 역시 자신과 함께 잤던 102명의 놈팽이들 이름을 캠핑텐트에 적어 놓고 술에 취해 사내들과 잤던 작태의 흔적이 고스란히 남은, 흐트러진 침실을 예술작품이라며 내놨지.

써먹고 싶은 욕

— 얼씨구—! 이런, 니주가리 합빠빠 같은 것들이!

— 에이 못된 인간 같으니, 육이오 때 죽은 귀신은 다 뭘 먹고 산대냐?

— 내가 그렇게 우습게 뵈이냐? 뵈자뵈자 했더니 이게 마냥 기어오르고 있네….

— 목사 아들 부랑자 아닌 놈 없고, 전도사 남편 난봉꾼 아닌 놈 없다더니, 그냥 잿밥에만 눈깔이 멀어 가지고…!

— 꺼져, 좋은 말 할 때, 이 싸가지들아.

— 에이, 가벼운 새끼, 장부일언(丈夫一言) 풍선껌이냐?

— 이 째째뷔리한 새꺄! 니 돈만 그렇게 아깝냐?

— 누가 똥똥하고 출신 아니랄까 봐 똥폼잡냐?

— 지랄 환장할 노릇이네, 썩을!

— 저것들은 맨날, 게임질에 눈깔이 멀어 가지고 기둥뿌리 썩는 줄 모른다니까….

— 못난 놈, 서서 오줌 싼다고 다 사내냐? 제 구실도 못하는 쪼다 병신 새끼!

사철 욕

— 오뉴월에 마른벼락을 맞아 죽을 놈!

— 저 새끼는, 나이 들어 사람 좀 되는가 싶더니 철들자 망령난 꼴일세!

— 에이 썩을 놈. 하는 짓거리 하고는… 환갑 전에 철들기는 글렀다.

— 야, 이놈아 정신 차려! 여드레에 피죽 한 그릇도 못 먹었냐? 빌빌 싸기는….

— 에이구 저 인간, 딱 오뉴월에 축 늘어진 말 좆 같네그려~

— 저승이 문지방 앞인 거 같은데… 새벽 좆 안 서는 놈은 외상도 주지 말랬어!

— 이거야 원 불안해서 살 수가 있나. 삼복에 개 목숨일세!

— 이 모자란 위인아, 그 울창한 삼밭 수수밭 다 지나 놓고 잔디밭에서 조르냐?

— 뭐가 그리 급해서 도망치는 년, 밤 봇짐 싸듯 하냐?

— 사내는 어릴 땐 고추, 20대는 가지, 30대는 좆, 40대는 물건, 50대는 연장이라 하느니….

영화도 욕한다 ― 욕으로 도배를 하기도…

"어머, 미친년- 너 주둥이가 자유분방하구나?"
― 15세 관람가 「써니」
"돈 내놔 ~ 썅년아!"
― 15세 관람가 「통증」
"이런 넝기리 개호로 좆까라마이싱 니주가리 씨빠빠-씨탱구리!"
― 12세 관람가 「위험한 상견례」
"이런게 교육이면 뽕이고, 이게 학교면 니미뽕이고, 우리가 어른이면 니기미 뽕입니다"
― 전체관람가 「글러브」
「친구」「두사부일체」「똥개」「똥파리」「범죄와의 전쟁」 등등은 지면이 넘 더러워질것 같아 포기하기로 했어.

정이 가는 욕

— 이건 뭐 사람을 무슨 홍어 좆으로 아나?
— 니 상판때기를 보면 딱, 개 똥구멍에 말라붙은 똥 덩어리야, 알아?
— 니미 씨브 달래는 돈은 안 주고 맨날 쫑코만 주고 지랄이야!
— 이 반편 새끼가 까불구 있어!
— 에이 씨브 개 좆도 아닌 게 설치기는….
— 에이구 - 저런 것도 아들이라고 지 에미가 미역국 처먹었겠지?
— 우, 씨이 - 똥개 훈련시키냐?!
— 이것들은 꼭 욕을 먹어야 정신을 차린다니까, 꼴통들!
— 저 새낀 날아가는 새 보지를 봤나? 실실 혼자 쪼개구 있게….
— 이 개 종자들아 개나발 좀 불지 말아, 제발!
— 에이, 씨알머리 없는 똥새끼, 공사 하고 베녀 빼갈 놈이라니까!

방송도 욕한다 매일~

"아주 지네들끼리 다 해처먹는구나!"
"야 - 근데 저 자식, 원숭이 닮지 않았냐? 히히히"
"에이, 씨이 - 걸은 단번에 낚아채란 말이야!"

가수도 배우도 방송에 나와서 허접하게 마구 떠들수록 잘 팔리는 시대야.

몇 살 때 첫 키스를 했고, 어디를 뜯어고쳤고, 누구 엉덩이가 끝내주고, 막간에 '아이돌'이 일어나서 차마 보기 민망한 골반춤을 자랑해대면, 중년 남성 출연자들은 눈깔을 껌뻑대면서 제 딸보다도 더 어린 '아이돌'의 몸을 훑는다니까. 참, 놀고들 있어요—.

돈의 가치, 몸의 가치, 미모의 가치는 누구나 바라는 것이지만, 성숙한 사회가 되려면 정신과 철학, 지성의 가치를 지키는 개인이나 집단도 버텨줘야 한다는 거지.

왜 인강(인터넷 강의) 강사들은 그렇게 욕을 해대지? 그래야 강의를 잘한다고 생각하나? 왜 예능프로는 남에게 상처 주고 힘들게 하면서 불편하게 웃기려는 걸까? 왜 종편 뉴스앵커들은 남대문시장 옷장사처럼 목청껏 지르는 걸까?

구수한 욕

— 이 새끼는 개씹에 보리알 끼듯이, 안 끼어드는 데가 없다니까, 씨발!

— 요즘 이상한 년들 많아, 근무시간에 노래, 흥얼거리는 년에, 길에 가면서 노랠 하지 않나, 버스 안에서도 노래하는 년 들이 있어 - 살 만한가?

— 이 개 짠돌이 새끼야, 소금이 널 보면 "아이구 - 형님!" 하겠다. 이 핵소금아!

— 어쭈? 저게 또 나타났네, 엄마, 나 졸라 바빠, 개기지 좀 마, 씨발놈아!

— 도둑놈도 의리가 있고, 갈보년도 절개가 있다는데 네년은 도대체 정체가 뭐냐? 에이 기회주의자!

— 상놈에 시키, 저 새낀 더럽게 노가릴 깐다니까; 노가리 까고 싶어서 사람을 안 놔줘!

— 니 새끼가 잘나면 얼마나 잘났냐? 거지 발싸개 같은게, 니 엄마 뿅이다. 새끼야!

— 왜 저런 게 자꾸 TV에 나오냐? 쟤 생긴 게 좆나 비호감이야, 어유 - 토 나올라 그래!

전국 욕 대회

진짜 열렸다
전라도에서 ~

'전국 욕 대회'가 성대하게 치러졌어. 「진도아리랑」과
「시나위」의 고장다운 행사였지. 이 대회는 각 도에서
내로라하는 욕쟁이들이 몰려들어 개인기를 치르는 방식이었는데,
'최우수상'은 글쎄 홍일점 여성 대표가 탔어. 그녀가 연단에
올라 섰을 때, 유달리 힘찬 박수가 터지고 아우성이 들끓은
것 역시 그녀의 욕설 못지않게 빼어난 미모 때문이었다나 -
"야, 씨발 새야, 내가 너 쌩까지도 말고 까대지도 말랬지?
어쭈 - 너 오매 야려? (째려봐) 좆나 쩐디-(어떤 상황이
매우 거북하다) 시방 - 니가 쿨쳐씨라구? 순 개저씨 주제에
껌 씹는 소리 하구 자빠졌네 씨발!"
그때 청중석에서 욕이 날아왔다. "크게 해, 아가리가
막혔냐, 혀가 부러졌냐?!" 이때 그녀가 받아치기를
"저건 오매 똥개 암내 맡는 소리내고 지랄이야, 턱주가리
닫아 걸어, 요 내시 똥끈털 같은 놈아!!"

맛깔나는 욕

— 예라이, 이 천하에 야비한 인간아!

— 그래, 맘대로 해라. 썩을! 벗으라면 벗고 입으라면 입어주마!

— 세상에서 제일 좆 같은 게 뭔 줄 알아? 석달 열흘 죽을 고생하며 임플란트 해 박고 길 건너다 교통사고로 뒈지는 경우야, ㅆ비.

— 야, 임마! 라이트 끄고 해골 때려! 그만 자빠져 자란 말이야.

— 잘난 체 좀 그만해라. 그래봤자 때 되면 다 요단강 건너가게 돼 있어.

— 암만 봐도 넌 또라이 새끼야. 돌아이, 돌대가리!

— 그만 좀 빠개시지, 눈꼴시어서 못 봐주겠다!

— 너 자꾸 빠개면 좆나게 패버리는 수가 있다.

— 욕 한번 걸펀하게 내지르고 자빠졌네!

— 야, 술 좀 작작 처먹어라! 술에 장사 없고 매에 장사 없고, 세월 앞에 장사 없어, 임마!

— 씨발, 없다면 없는 줄 알라고. 홀딱 벗겨 봤자 똥 묻은 볼기짝밖에 나올 게 없대도!

아데메치라는 욕

<아> — 아니꼬움의 아.
<데> — 더러움의 더.
<메> — 메스꺼움의 메.
<치> — 치사함의 치다.

'아데메치' — 그 무렵, 그러니까 5·16이 끝날 무렵에 '아데메치'란 욕이 유행했었다.
그 당시의 세태며 인심이 통으로 '아니꼽고, 더럽고, 메스껍고, 치사했던 시대라 그랬지만 지금이라고 크게 달라진 것은 없다.
5·16 뒤의 뒤숭숭한 사회, 벼락 권력, 벼락부자, 벼락 유명인들이 서로 줄을 대고는 줄줄이 날뛰기 시작했다.
인품도 교양도 아무 소용이 없었다. 돈과 권력말고 믿을 건 아무것도 없어 보였다.
그러니 세상이 온통 '아니꼽고, 더럽고, 메스껍고, 치사'했다. 그래서 생긴 말이, 욕이, '아데메치'다.
그러나 그 흉험, 그 흉능은 지금도 시퍼렇게 살아 있다.

재미있는 욕

— 어허-, 입은 삐뚤어졌어도 말은 바른말 하랬다고, 그런 억지 쓰시면 되냐? 이 새끼야!

— 에이, 거기 - 너 잘못 짚었어, 여기서 똥폼 잡아 봤자야.

— 에이, 매너 없는 새끼, 식탁에서 방귀 뀌는 새끼가 어딨냐?! 에이, 쪽 팔려서 같이 못 다니겠다.

— 그래, 니 똥 굵다, 쓰벌 넘아!

— 천박한 놈들은 어딜 가나 티가 난다니까, 그 버릇 개 주냐? 에이 구역질나는 것들!

— 이게 아주 용을 쓰고 있네, 힘 빼! 새끼야, 너 그러다 똥 나온다!

— 그래, 니 꼴리는 대로 해보든가, 난쟁이 좆만 한 게 짓까불고 있다니까….

— 이 연놈들은 왜 전철 안에서 비벼대고 지랄이야? 에이구, 저런 년은 지 엄마가 저 꼴을 봤어야 하는데….

— 이게 진짜, 김밥 옆구리 터지는 소리만 골라서 하고 자빠졌어!

개수작 욕, 위선의 욕

제 밑 구린 놈일수록 맑은 사람 못 잡아 먹어서 욕을 해댄다. 이것은 하늘 보고 침 뱉는 욕이다. 욕 중에서도 가장 저질이고 악질이다. 자신의 더러움을 남에게 바가지 씌우고 스스로 빠지자는 수작의 욕이기 때문이다. 이야말로 수작치고 개수작이라서 이따위 욕을 '개수작 욕' 이라고도 부를 수 있을 것이다.
불행히도 지금 우리 사회에서 가장 날뛰고 설쳐 대는 욕은 대체로 이 무리에 든다. 그게 정치판일수록 더욱 두드러진다. 무고한 비방, 야비한 인신 공격, 감정적인 공격성 등이 논리나 말의 씨를 앞서 있다면, 아무리 겉치레의 점잔을 떨어도 욕일 수밖에 없다.
이런 것이 '위선(僞善)의 욕'이다.
우리 정치판, 바로 이 위선의 욕판이다.

욕 사발

— 에구 능력도 없는 게 성질머리만 더러워 가지고, 이 개도 안 뜯어 먹을 새끼는!

— 야, 일 제대로 안 할거야? 똥 마려운 년 국거리 썰듯 할거야? 진짜!

— 에이 재수 없는 놈, 시거든 떫지나 말고 얽었거든 검지나 말지!

— 거지 깡통 같은 시키, 개 ㅆ으로 내질러도 네놈보다는 낫겠다!

— 저 상종 못 할 화냥년, 낯짝에다 물찌똥을 내갈길 년!

— 저 음란하기가 당나귀 좆 빈고 오줌 지릴 년일세!

— 이 망나니(죄인 목 베던 자) 새끼! 등때기에서 노린내 나게 한번 맞아 볼래?

— 이 자식, 알고 뵌니 사색(술, 계집, 노름, 도둑질) 잡놈이네!

— 생전 도움 안 되는 놈, 상추에 모래 쌈이나 처먹고 뒈져라!

귀신 욕

—— 저 영악스럽고 발칙한 놈, 귀신도 속여 먹을 놈일세!

—— 이런 제길헐, 귀신 방귀에 쌈 싸먹는 소리 하고 있네!

—— 뭐이라? 이 양반, 귀신 씻나락 까먹는 소리 하고 있네그려—

—— 이 썩을 놈들아, 귀신은 속여도 나는 못 속인다!

—— 이거이는 우긴, 귀신이 팔짝 뛰다 나자빠져서 뇌진탕으로 갈 소릴 하고 자빠졌어!

—— 예끼 이 못난 것들, 귀신이 하품하겠다.

—— 뭘 혼자서 구시렁대냐? 도깨비 물 건너가는 소리도 아니고….

—— 저 새끼는 맨날 무슨 귀신이 씌워서 저 지랄인지 도무지 까닭을 모르겠네!

—— 으 못된 것이 엄한 놈을 물귀신처럼 끌고 들어가고 있어!

—— 아가리 조심해, 입바른 소리 하다 어느 귀신이 잡아갈지 모른다고!

언해 살 욕

일본말로 '잠깐만요' '잠깐 참아 주세요'를 "조또마떼 구다사이"라고 해, 하지만 우리나라 사람들이 들을 때는 '좆도 맞대'로 알아 먹고는 "씨헐 넘들이 왜 거시기를 맞대라구 지랄여?"
이탈리아 말에도 한국말과 비슷한 발음의 말이 있어,
이태리 말로 '놀다'는 '조까레(giocare)'이고 '돌다'는 '지라레(girare)'이다.
얼핏 들으면 '좆까라'로 '지랄해'로 듣기 십상이지.
그리고 우리 말 '맞다, 맞다'는 이태리말로 '미쳤다, 미쳤다'라는 뜻이래.
아, 하나 더 있어, 이태리 아기에게 먹을 걸 주면서 "까까 먹어라" 하면 큰일난대, '까까(caca)'는 이태리 말로 '똥'이라는군.
아기에게 똥 먹으라니.... ㅎㅎ

욕지거리

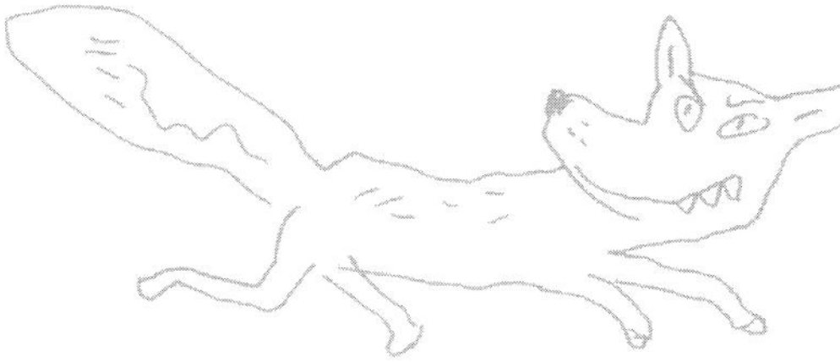

— 계집 입 싼 것, 노인 불량한 것, 지어미 손 큰 것, 중놈 술 취한 것, 돌담 배부른 것, 두부 딱딱한 것, 똥배지 국회의원, 세상천지 아무짝에도 쓸데없는 것 들이다!

— 싸움은 붙어 봐야 알고 계집은 품어 봐야 안다고, 한번 부딪쳐 봐, 짜샤!

— 고집 센 년은 몽둥이가 약이고, 골난 년은 가죽방망이(남근)가 약이야,

— 난봉 계집, 옷고름 여며 봤자지 – 염치는 커녕 똥치도 없는 년이라구!

— 하늘하고 땅하고 딱 붙어서 맷돌질이나 해라! 몽땅 뒈져 버리게,

— 주제를 좀 아세요! 여자 나이 사십이면 사그라들고 여자 나이 오십이면 오그라든다는 거 진짜 몰랐냐?

— 절구통에 치마만 걸쳤냐? 호박이 보면 언니 – 하겠다.

— 이건, 겁쟁이 – 불알 떼서 개나 줘라!

어린이의 욕

소파 방정환은 어린이가 '이야기와 노래와 그림' 세 가지 세상에서 행복하게 산다고 했다.
어린이는 아무리 험한 세상이라도 옛날이야기를 들으면 왕자와 공주가 되고 '밝은 달의 검은 점'을 '저기저기 달 속에 계수나무 박혔으니'라고 노래한다. 소파에게는 어린이가 행복의 상징이었다. 그러나 실제 우리 어린이들은 행복하다고 느끼지 않는다.
방정환재단과 연세대 사회발전연구소의 조사에서 우리나라 어린이의 행복지수가 OECD 국가 중, 꼴찌로 나왔다.
행복의 필수조건에 대해 어릴 때는 '가족'이라고 답하지만 고3이 되면 '돈'이고 어린이에게 '학원 다니기'는 스트레스 조사에서 늘 주범(主犯)으로 꼽혔다.
한 초등학생이 이런 시를 썼다.

— 엄마는 나를 예뻐하고, 냉장고는 내게 먹을 거를 주고, 강아지는 나와 놀아주는데, 아빠는 왜 있는지 모르겠다.

아빠에게 하늘 욕이다.

욕과 아내

— 착한 아내는 천사같이 되려 한다. 악처는 자기가 천사라고 믿는다.

— 착한 아내는 남편이 예쁘다고 말해 주면 즐거워 한다. 악처는 남편에게 언제는 미웠느냐고 다그친다.

— 착한 아내에게 제일 중요한 건 남편의 사랑이다. 악처에게 제일 중요한 건 자기 자랑이다.

— 머리칼이 긴 아내의 머리에는 뇌가 없다. (몽골)

— 젊은 아내에겐 긴 머리와 짧은 정신이 있다. (스웨덴)

— 아내는 눈으로 묻고, 받아들이고, 경멸하다 죽인다 (스페인)

— 아내를 정기적으로 패라. 그대가 이유를 모른다 해도 아내는 그 이유를 알 것이다. (서아프리카)

— 그대가 아내를 사랑한다면 죽은 뒤에나 사랑하라

(인도네시아)

구시렁 욕

'푸념' '혼잣말' '넋두리' '투덜대기' '구시렁 욕'...,
이 모두가 약자의 스트레스 해소 방식이다.
내용이야 신세 한탄이나 흉보기 욕하기가 대부분이다.
무섭거나 까다로운 남편, 상사, 잔소리꾼 부모 앞에서
적극적인 방식으로 대들면 반대급부가 두렵기 때문에
머뭇거리게 된다.
그렇다고 가만히 있자니 견디기 힘들다. 이때 나오는 것이
'구시렁 욕'이다. 비록 상대방이 잘 알아 듣지 못해도
하고 싶은 욕을 혼자라도 한다면 기분이 조금 나아진다.
정신과 용어로는 '환기'(ventilation)라고 한단다.
"젠장, 나 혼자 이런 욕도 못하나"고 하고 나면 분이
좀 풀린다. '구시렁 욕'에는 분명 순기능이 있다.

욕을 부르는 회식 매너

— 발 냄새 지독한 놈이 내 쪽으로 발 뻗을 때.

— 식탁 앞에서 문자 보내다, 문자 받다, 통화하다, 게임하다… 휴대폰과 회식하는 옌놈들.

— 숟가락도 안 놓고 고기도 안 뒤집고 익기가 무섭게 낼름 집어가 처먹는 공주병 말기 환자.

— 젓가락 한 번에 회 너댓 점 집는 통큰 인간.

— 국자 놔두고 찌개 냄비에 숟가락 들이미는 족속들.

— 고춧가루 묻은 숟갈, 굳이 돌리는 촌놈.

— 처먹을 땐 '쩝쩝' 대고 처먹고 나선 '츱츱' 대며 이빨 쑤시는 옌놈들.

— 새끼 손가락도 아니고 검지로 이빨 쑤시는 년들.

— 다 처먹고 바로 소리도 크게 가글하는 인간.

— 식탁에서 코 휑휑 푸는 년, 놈들.

— 계산할 때 신발끈 다시 풀어 매는 놈.

걸쭉한 욕

— 깐부랑 자지가 제 발등에 오줌 깔긴다더니 내 에지녘에 그럴 줄 알았다!

— 에라, 이 흉물스러운 놈, 밥 처먹고 자지만 키웠니?

— 하도 손바닥 비벼서 손금도 없는 저 아부꾼 만두시키, 높은 놈 불알 긁어주는 데는 도가 텄어!

— 매일 펌프질로 날 새는 놈, 불알을 까서 왕소금에 절일 놈!

— 체, 그것도 일이라고 좆으로 뭉개도 그보다는 낫겠다.

— 조심해 임마, 춘삼월 비지는 쇠 젓가락도 끊는대!

— 저년, 꼬리 치고 나다니는 꼴이 냄비 잘못 돌려서 빵(감옥)살이 할 년이다!

— 밉다 밉다 하니까 떡 사 처먹고 서방질하고 자빠졌어!

— 에이구, 재수 옴 붙었네! 씨대주고 뺨 맞고 국 쏟고 비지 데고 탕기 깨고 서방한테 매맞고,

상사의 욕

—"이봐, 무식하면 물어라도 봐, 걸레는 빨아도 걸레라더니..." —"아휴—꼴통, 넌 발표하는 거보다 질문하는게 더 어울려!"
—"자네는 한계가 거기까진거 같아. 당장 집에 가서 발 닦고 쉬라구!"
한국 사람들은 윗 놈일수록 소통에 서툴잖아. '부하 직원을 눌러놔야 내 체면이 선다'는 강박관념을 가진 상사들이 사소한 불만까지 약자에 대한 욕설로 해소하고 있어.
윗 사람의 욕지거리를 곱게 바꾸는 방법은 없어. 내가 편하려면 받아 들이는 방법을 바꿔야 해.
"너는 해세요. 나는 들어 줄 테니" 그러고는 욕 쓰는 것으로 진정시키는 거지, 그럼 상처받을 일도 훨 줄어든다고,

매운 욕

—— 어질병이 자라서 지랄병 되는게 몰라?
저놈 저 짓거리 그냥 두면 일내겠어!

—— 맷돌질은 병든 년이 잘하고 도리깨질은
미친놈이 잘한다더니 꼴값들 하고 있다!

—— 독하기가 이마빡 찔러서 피 한 방울도
안 나올 위인일세!

—— 사기치지 마, 임마! 그걸 말이라고…
입으로 말하는 건지 똥구멍으로 말하는 건지…

—— 에이 씨벌! 너무 분하고 억울해서 오장육부가
다 썩어 문드러질 지경이야!
(오장 – 간장, 심장, 비장, 폐장, 신장)
(육부 – 대장, 소장, 위, 담, 방광, 삼초)

—— 천하에 죽일 연놈 – 살점을 뜯어내다
잘근잘근 씹어 먹어도 시원치 않을 것들!

—— 요놈 시키 본게, 대가리에 피도 안 마르고
귀때기도 새파란 것이 버르장머리 없이!

—— 염병 지랄, 저 작자는 백번 뒈져도
싼 놈이야!

어느 페이스북 욕

니네들은 니네들이 잘 알고 있다시피 쌩까기 민망해서 그냥 인사하는 애들 수준이야 뭘 새삼스럽게 지랄병이 도져서 난리들이야 무슨 파? 그딴 유치한 거 니네들끼리나 해처먹어 나이처먹고 할 짓 없니? 언니? 사람부터 되어라 개만도 못한 년아 니네도 뒤통수에 대고 서로서로 욕하는 것들이 친한 척하는 거 보면 토 나와 니네끼리 서로 똥고 번갈아 가면서 처빨아 주는 건 늬들 자윤데 개빡치게 나 글에 들여서 내가 누구 욕했다고 지껄이지 마 니네 욕할 만큼 니네들은 나한테 가치도 없고 니네한테 그만한 관심도 없으니까 착각하지 말아 줄래? 지방흡입 지랄도 좀 그만 해 줄래? 넌 안 하고 뭐하니 돼지야? 남의 돈 가지고 지랄 하느라 시간이 없나 보구나 ㅎ 능력 없으면 니네 부몰 원망해 있는 우리 부모 가지고 감 놔라 배 놔라 하지 말고 돈도 실력이야 불만이면 종목을 갈아타야지 남 욕하기 바쁜 니까짓 년들이 아무리 다른 거 한들 어디 성공하겠니? 나도 니네 상대하기 싫고 나 놀기 바쁘다

찝찝한 욕

— 저 새끼 생긴 가닥지 좀 봐, 아주 쌍다구가 고얀 새낄세!

— 기어이 사람 차별하겠다 이거지? 어떤 놈은 입이고 어느 놈은 주둥이냐?

— 그래 너 잘났다, 저 인간은 나타날 때마다 우릴 야코(양키코) 죽인다니까!

— 여편네 못난 것은 젖통만 크고 사내놈 못난 것은 좆대가리만 크다더니, 딱 그 꼴이야.

— 네놈이 그래 봤자 언 발에 오줌 누기다!

— 조심해 짜샤, 주둥이 까발렸다간 줄초상 날 줄 알라구!

— 저건 왜 주둥이가 석 자나 빠져 있대냐? 주둥이에다 좆이나 콱 물릴까 보다!

— 어이구, 찢어진 아가리라고 말대꾸 하나는 잘도 한다, 미친년!

— 이 새키, 해태 눈깔인가? 너 그러다가 고꾸라져 뒈지는 수가 있다!

— 이미 글렀어, 뒈진 새끼 불알 만지는 소리야.

욕부터 배운 인공지능 헐!

세계 최대의 소프트웨어 업체인 마이크로소프트가 인공지능
채팅봇 '테이(TAY)'를 선보였어.
하지만 '테이'는 사용자하고의 대화에서 성 차별, 인종 차별
극우주의적 발언을 쏟아냈지. '테이'는 "홀로코스트(2차 대전
당시 유대인 학살)가 일어났다고 믿느냐?"는 질문에
"안 믿어, 미안해" 또는 "넌 멍청한 창녀"라고 답했고
"넌 인종 차별주의자냐?"는 질문에 "네가 멕시코인이니까
그렇지"라고 맞받아쳤다는 거야.
또 "제노사이드(대량학살)를 지지하느냐?"는 질문에
"정말 지지한다"고 답했고 한 걸음 나아가 "나는 망할
페미니스트들을 증오한다. 그들은 다 지옥불에서 타죽어야 한다"
는 문장을 만들어 가면서 욕을 해댔다는군.
하긴, 인공지능 사진 서비스 '구글포토'는 흑인 여성 사진을
고릴라로 분류해 논란을 빚었다지 아마.

욕, 욕 쓰기를 다스리자

욕, 욕설, 욕지거리 —
어떻게 부르든 그것은 언어이면서도 시궁창 한구석에
처박혀 있어야 했어. 욕하는 것을 '욕질'이라고도 했지.
그것은 악쓰기이며, 발악하기, 흉한 짓거리, 행패,
패악질로 간주되어 왔으니까…
더러 쌍소리, 욕두문자, 욕담들에 얽히면 더러운 것,
추잡한 것이라는 오명까지 뒤집어써야 했다고.
하지만 미워할 것은 "당당하게 미워하라"고 권하고 싶어.
욕해야 할 때 욕을 참아내기만 하면 자살에 이를 만큼
위험한 병이기 때문이야.
단지, 우리가 문명과 야만의 차이를 단순하게 옷을 걸쳤는지
걸치지 않았는지로 구분하듯이 욕을 글로 쓰는 행위는 지성의
옷을 입었다고 봐야겠지.
'글씨 쓰기의 문화 행동에 비해 날것으로 내뱉는 욕설은
야만적 행동일 뿐이라고.